竹夫漢詩選

독여집

讀 餘 集

푸른사상 창작 한시선

竹夫漢詩選

독여집

讀 餘 集

李麓衡

푸른사상
PRUNSASANG

竹夫의『讀餘集』出刊에 부쳐

竹夫 李篪衡 교수가 漢詩選을 출간한다. 책 이름을『讀餘集』이라고 한 것은 글을 읽다가 쉬는 餘暇에 한 수씩 지어 모은 것이기 때문이라 했다.『독여집』이라는 책명과 관련하여 떠오른 한두 가지 내 생각을 적어 시집 출간을 축하하는 글에 대신할까 한다.

모두 다 알고 있듯이 죽부는 평생 다산 경학 연구에 전념한 학자이다.『牧民心書』(공역)『孟子要義』『梅氏書平』『論語古今註』를 국역했을 뿐 아니라 다산 경학에 관한 획기적 논문들을 생산하여 다산학 발전에 선도적 역할을 수행한 공로로 다산학술문화재단이 수여한 제1회 다산 학술대상을 받기까지 했다. 전통적 유교 가문에서 생장한 죽부는 가학을 이어받아 대학에서도 유학을 전공하였고 성균관대학교 한문교육과 교수로서 유교 경전 연구와 후진 교육에 평생을 바친 터이다. 그의 장인 遜庵은「이지형 字說」에서 그를 竹夫라 副名하고 雅潔之士라 일컬으면서 오늘날 세상의 道義가 온통 쇠락하였으니 禮로써 스스로를 지켜 시속에 따라 浮沈하지 않아야 가히 귀하게 될 것이라 훈계하였다. 이 자설은 대쪽같이 곧은 의지와 뛰어난 才品으로 험난한 세월을 견디고 이겨 끝내 빛나는 학문의 탑을 쌓아올린 죽부의 일생을 고스란히 예견한 글이어서 감탄을 금할 수가 없다.

다산 연구자 죽부의 독서와 詩作에 대한 견해는 아마도 다산의 論旨에 근거하고 있을 것이다. 내가 알기로 다산은 經典 읽는 것을 독서의 첫째로 꼽았다. 그는 경전을 통해 修身하고 孝悌하며 治人의 근본을 세우는 것이 실용적 독서법이라고 그의 두 아들에게 간곡하게 타일렀다. 그리고 다산의 경전 읽기가 修己를 위한 소극적 의미를 넘어 피폐한 왕조를 개혁하고 새 세상을 만들기 위한 실학 사상을 체계화하려는 원대한 목적에 있었다는 것을 죽부는 그의 논문에서 밝힌 바 있다. 또한 다산은 시 짓는 일에 대해 이렇게 말했다. 무엇보다 먼저 만백성에게 혜택을 준다는 마음을 가지고 혹 아름다운 風光을 만나 문득 詩想이 바람 일듯 떠올라 시를 읊는 선비가 讀書君子라 했다. 이와 같이 독서의 첫째 일이 경전 읽는 일이요 독서를 통해 갖게 된 민중 사랑하는 마음을 다듬어서 시를 읊는 선비가 독서군자라고 말한 다산의 뜻을 성실하게 좇아 실천한 죽부야말로 다산이 말한 그 독서군자가 아니던가.

죽부가 다산 경학 연구에 몰두하다가 잠시 쉬는 餘暇에 지은 시를 모았다는 이 책에 『讀餘集』이라는 이름을 붙이고 得意의 미소를 지었을 그의 표정이 떠올라 슬그머니 질투심이 일어날 지경이다. 죽부는 讀餘라는 書名을 韓愈와 蘇軾이 말한 餘事나 餘滴처럼 시 짓는 일을 선비의 趣味나 餘技쯤으로 비유해서 지은 것은 결코 아닐 것이다. 『독여집』에 수록된 시들이 그의 일상생활에서 우러난 맑고 따뜻한 情感을 그대로 드러내고 있어 마치 죽부를 대면한 듯 반갑다. 뒷날 다산 연구자 이지형을 검색하는 後學이 있어 그의 경학 연구 저술만 들추어보게 된다면 좀은 삭막하지 않겠는가. 그때 이 『讀餘集』이 그의 학술 업적과 함께 그의 인간적 풍모도 살펴볼 수 있는 자료가 되어 죽부 평론의 지평을 활짝 넓혀줄 것이 아니겠는가. 그래서 『독여집』 출간이 더욱 즐겁다.

얼마 전부터 죽부가 건강을 다쳐서 담배도 끊고 술도 줄였다. 그렇게 좋아한 술인데 이건 정말 슬픈 일이다. 하루빨리 건강을 되찾아 詩酒를 벗삼아 나날의 敍情뿐 아니라 이 땅 민초의 참혹한 삶과 아픔을 읊은 우리 시대의 哀絶陽이나 飢民詩도 더 많이 지어주길 바란다.

師友 이지형 교수의 『독여집』 출간을 축하하면서
2015년 6월 하순
成大慶

차례

讀餘集

1. 杏詩壇結成後共賦
一九八五年三月十六日

杏下逢春詩興生

諸賢咸集一堂明

何如金谷園遊樂

醉後重斟竹葉淸

금곡원(金谷園) : 진(晉)나라의 석숭(石崇)이 자신의 별장인 금곡원에서 연회(宴會)
　　를 베풀었을 때 시(詩)가 이루어지지 않은 이에게 벌주(罰酒) 석 잔을 마시게
　　했다는 고사(故事)가 있다. 금곡(金谷)은 하남성(河南省) 낙양현(洛陽縣) 서쪽
　　에 있다.
하여(何如) : 의문사인데, 여기서는 '…와 어떠한가' 하고 비교하는 말이다.
죽엽청(竹葉淸) : 중국산 명주(名酒)의 일종.

행시단을 결성한 뒤 함께 짓다

은행나무 아래에서 봄을 맞으니 시흥이 일어나는데
여러 어진 벗들이 다 모이니 한자리가 밝구나
고인들이 금곡원에서 노닐며 즐겼던 것과 어떠한고
취한 뒤에도 다시 죽엽의 맑은 술을 따르네

2. 春興

一九八五年四月三十日

岸上楊花攬碧空

園中桃李笑春風

騷人對坐飛觴樂

醉裏題詩興未終

소인(騷人) : 시인. 소객(騷客)이라고도 한다.

봄의 흥치

언덕 위의 버들꽃은 푸른 하늘에 나부끼고
동산엔 복사꽃 오얏꽃이 봄바람에 웃고 있네
소객은 마주 앉아 술잔을 날리며 즐기고
취하여 시를 쓰니 흥이 다함이 없구나

3. 百濟古都

一九八五年五月二十日

白馬江流浩蕩容

扶蘇山翠夕陽濃

千年古國關河在

無數英雄何處從

호탕(浩蕩) : 아주 넓어서 끝이 없는 것을 형용한 말.

부소산(扶蘇山) : 충남 부여 백마강(白馬江) 기슭에 있는 산 이름.

관하(關河) : 산하(山河)를 말함.

백제의 옛 도읍

백마강의 물길은 넓고 끝이 없는데
부소산 푸른빛은 석양이 짙네
천년의 옛 나라 산하는 그대론데
수없는 영웅들은 어디로 갔는고

4. 夏夜

一九八五年七月三十日

日暮微風生樹枝
鳥群飛倦返巢時
林間月出人皆散
我與詩朋進酒巵

조군비권(鳥群飛倦) : 새들이 나는 데 지친다는 뜻. 도연명(陶淵明)의 「귀거래사(歸去來辭)」에 "새는 나는 데 지치면 제 집에 돌아올 줄 안다(鳥倦飛而知還)"라는 구절이 있다.

여름밤

해가 저물어 미풍이 나뭇가지를 흔들고
새들은 나는 데 지쳐 제집으로 돌아가네
숲 사이로 달이 뜨니 사람들은 다 헤어지는데
나는 벗들과 함께 술 마시며 읊조린다

5. 光復節有感

一九八五年八月十五日

解放喊聲已漸微

彈煙催淚迫人衣

我邦一統何時就

離散妻孥尙未歸

탄연최루(彈煙催淚) : 최루탄(催淚彈)의 연기.

처노(妻孥) : 처자(妻子)를 말함.

광복절에 부쳐

해방의 함성은 이미 점점 가늘어지고
최루탄의 연기에 눈물이 옷을 젖게 하네
내 나라 통일은 언제나 이루어질꼬
뿔뿔이 헤어진 가족 아직 돌아오지 못하네

6. 思鄉

一九八五年九月二十六日

丹丘大谷是吾居

三徑荒蕪幾載餘

籬菊方開村酒熟

歸心催寄故鄉書

단구(丹丘) : 신선이 산다는 곳. 여기서는 필자의 고향인 밀양 단장면 단장리를 가
　　리킨다. 이 마을엔 선(仙)자가 붙은 지명도 여럿 있다.

삼경(三徑) : 정원(庭園)에 내어놓은 작은 길 셋을 말하는데 원래는 은자(隱者)가
　　사는 곳을 지칭하나 여기의 삼경(三徑)은 시어(詩語)로 취하여 쓴 것이다.

고향 생각

단구의 큰골은 내가 사는 곳
삼경이 황무한 지 몇 해가 되었는가
울타리에 국화 피고 촌주가 익었으리니
돌아갈 마음 간절해 고향에 편지하네

7. 春閒

一九八六年三月十七日

南溪春水隔窓聞
岸上楊花如雪紛
長日閑齋時讀倦
悠然遙見道峰雲

여설분(如雪紛) : 눈보라처럼 날리다.
한재(閑齋) : 한가한 서재.

봄의 한가로움을 읊다

남쪽 시내 봄물이 창을 격해 들리고
언덕 위 버들꽃은 눈보라처럼 날리네
긴 날 한가한 서재 글 읽다가 게으르면
유연히 멀리 도봉산 구름을 바라본다

8. 泮村春望

一九八六年五月一日

彈雨硝烟掩泮村
相看俱失笑談溫
學徒義憤喊聲裏
今日無爲日又昏

반촌(泮村) : 옛날에 성균관(成均館)을 중심으로 그 근처에 있던 동네.
탄우초연(彈雨哨烟) : 비 오듯 쏟아지는 최루탄 연기.

반촌에서 봄날에 바라보다

최루탄 연기가 반촌을 뒤덮으니
서로 보며 모두가 정다운 담소 잃었네
의분(義憤)으로 부르짖는 학도들의 함성 속에
오늘도 아무 보람 없이 날이 또 저문다

9. 憶茶山草堂

一九八六年六月十六日

甲子年五月海南地區踏査時, 曾過茶山草堂, 二年後今日, 偶然想
起有作.

萬德山前處處蘭

草堂初夏竹風寒

先生逝去知何日

今也民人未得安

다산초당(茶山草堂) : 전남 강진군 도암면 만덕리에 있고, 이곳에서 다산(茶山) 정
　　약용(丁若鏞)이 유배 생활을 하면서 『목민심서(牧民心書)』를 비롯해 많은 저
　　술을 남겼다.

다산초당을 추억하며

1984년 5월 해남 지역 답사 때 다산초당에 들렀는데, 이 년 뒤 오늘 우연히 그때를 상기하여 짓는다.

만덕산 앞에는 여기저기 난초이며

초당의 첫 여름 죽풍(竹風)이 차구나

선생의 서거가 언제임을 알겠는가

지금도 민중은 편안함을 얻지 못했네

10. 新秋農家

一九八六年八月二十八日

草堂閑寂老尨眠
林下農夫八月仙
萬頃夆禾秋節近
家家惟願屢豊年

노방(老尨) : 늙은 삽살개.
봉화(夆禾) : 벼를 말함.

새 가을의 농가

한적한 초가집에 삽살개는 졸고 있고
나무 밑의 농부는 8월의 신선일세
일만 이랑 벼들의 추수가 가까우니
집집마다 원하는 것은 금년도 풍년임을

11. 古邑晉州

一九八六年九月十五日

過晉州, 見南江祝祭, 有感而作.

五色紅燈掛遠橋

南江之上樂清宵

壬辰忠烈今猶在

矗石樓中論介謠

촉석루(矗石樓) : 경남 진주시 본성동에 있는 우리나라 3대 누각 중 하나이다. 고려시대 공민왕 때 세운 것으로 진주성 주장(主將)의 지휘소였다. 임진왜란 때 논개(論介)가 적장을 끌어안고 강으로 떨어져 순국한 곳으로도 유명하다.

옛 고을 진주

진주를 지나다가 남강축제를 보고 느낌이 있어 짓다.

오색의 홍등이 다리에 걸려 있고
남강의 밤은 즐겁기도 하구나
임진전쟁 충렬의 자취 지금도 그대로 있고
촉석루에는 논개의 노래일레라

12. 登太白山

一九八六年十月二十七日

癸亥正月與茶研諸友, 登太白山, 今夜偶然回想而作.

太白長風怒氣豪

流雲飛雪灑林皐

前呼後應相携陟

絶壁層巖路轉高

임고(林皐) : 숲과 언덕.
휴척(携陟) : 이끌고 오르다.

태백산에 오르다

계해년 정월에 다산연구회 여러 벗들과 태백산에 올랐는데 오늘 밤 우연히 그때를 회상하여 지었다.

태백의 긴 바람 노기가 성하고

흐르는 구름, 날리는 눈, 숲과 언덕에 뿌려지네

앞뒤에선 야호 소리 서로 이끌며 오르니

절벽과 층층바위에 길은 더욱 험준하다

13. 密城春懷

一九八七年四月二日

時禽處處謀靑陽

花竹淸陰滿草堂

歲歲爲誰春色到

吾家南國最難忘

밀성(密城) : 밀양(密陽)의 고호(古號).

청양(靑陽) : 봄.

남국(南國) : 여기에서의 남국(南國)은 필자의 고향 남쪽 밀양을 가리킴.

봄에 밀성을 그리워하다

철새는 여기저기 봄을 노래하고
꽃과 대나무는 말쑥하게 집 안에 가득 찼네
해마다 누구를 위해 봄은 오는가
내 집 남쪽 나라 정말 잊기가 어렵구나

14. 白雲洞書院

一九八七年六月四日

白雲洞口萬松靑

一陣淸風灑古亭

晦老遺芬何處在

離離雜草滿空庭

백운동서원(白雲洞書院) : 1542년에 주세붕(周世鵬)이 안향(安珦)을 배향하기 위한
　　사당을 짓고 백운동서원(白雲洞書院)이라 하였으며 그 뒤 소수서원(紹修書院)
　　으로 개칭하였다.

이리(離離) : 흩어져 있는 모양.

회로(晦老) : 우리나라 최초의 주자학자(朱子學者)로 지칭되는 회헌(晦軒) 안향(安
　　珦)을 높여서 일컬은 말. 번역에 회옹(晦翁)이라 일컬은 것도 마찬가지다.

백운동서원

백운동 동구엔 푸른 소나무들이 즐비해 있고
한 줄기 맑은 바람은 고정을 씻어준다
회옹이 끼친 향기 어느 곳에 있는가
흩어져 있는 잡초들만 빈 뜰에 가득하네

15. 己未夏日, 與茶山研究會諸友,
作雪嶽山行, 居然已過九年矣.
今日以杏詩壇韻, 回想其時而作

　　茶研同學百年朋

　　夏日炎天雪嶽登

　　萬壑千峰遮俗世

　　石間泉水爽如冰

다연동학(茶研同學) : 다산연구회(茶山研究會)의 동학(同學)들.
만학천봉(萬壑千峰) : 많은 골짜기와 산봉우리.

기미년(1979) 여름날 다산연구회 여러
벗들과 설악산에 갔는데 어느덧 구 년이
지났다. 오늘 행시단운으로써 그때를
회상하여 짓는다

다연회 동학들은 백 년의 벗인데

여름 더운 날 설악산에 올랐다

만학천봉은 속세를 차단하고

돌 사이 샘물은 얼음같이 시원하였네

16. 閑山島

一九八七年十月二十九日

閑山孤島擁雲林
制勝樓頭秋色深
昔日戰墟今尚在
天涯一望起愁心

제승루(制勝樓) : 제승당(制勝堂)이라고도 한다. 경남 통영시 한산면 염호리에 있
    고 충무공 이순신 장군이 국난을 극복한 한산대첩(閑山大捷)의 역사가 서린
    유서 깊은 누각이다.
수심(愁心) : 근심하는 마음. 여기서는 적개심(敵愾心)을 뜻한다.

한산도

한산의 외로운 섬 사방에 구름이 자욱하고

제승루 머리에는 가을빛이 깊다

옛적 싸움터가 지금도 그대로 있으니

하늘가를 한 번 바라보며 적개심을 상기한다

17. 憶故事

一九八八年二月二十五日

人世生平雖苦鹹

是非曲直口焉緘

趙高馬鹿專權事

當代誰如不動巖

조고마록(趙高馬鹿) : 조고(趙高)의 지록위마(指鹿爲馬)의 고사(故事). 진(秦)나라의
　조고(趙高)가 이세황제(二世皇帝)의 권력을 농락해보려고 일부러 사슴을 말이
　라고 속여 바쳤다는 고사인데, 윗사람을 농락하여 권세를 마음대로 휘두름을
　일컫는 말.

고사를 생각하며

세상에는 평생에 쓰고 짠 일이 많지만
시비곡직에 입을 어찌 다물겠는가
조고는 권세를 전횡하여 사슴을 말이라 하였는데
당대 누가 바위처럼 움직이지 않았는가

18. 春思

一九八八三月十一日

閑齋梅萼半開紅
又見春風吹海東
天地元無南與北
何由同族不相逢

매악(梅萼) : 매화의 꽃망울, 꽃봉오리.
해동(海東) : 우리나라를 가리키는 말.
하유(何由) : 무슨 까닭. 무슨 이유.

봄날에 생각하다

한가한 서재에 매화가 반쯤 피어 붉으니
또 춘풍이 내 나라에 불어옴을 보겠네
천지는 원래 남과 북이 없는데
무슨 까닭으로 동족이 서로 만나지 못하나

19. 春日漫詠

擧首遙瞻雲外峰

吾家江國路千里

春回田畝事東作

漫惑虛名不返農

동작(東作) : 봄의 농작(農作). 봄의 경작(耕作).

봄날 한가로이 읊다

고개 들어 멀리 구름 밖 봉우리를 바라보니
내 집 강촌은 길이 천 리라네
봄이 오니 전원에는 농사일이 있는데
부질없이 허명에 흘려 돌아가지 못하네

20. 遊伴鷗亭

一九八八年六月六日

登亭一笑俯長江

流水滔滔自北邦

同族悲哀何日盡

天空萬里鷺雙雙

伴鷗亭在汶山臨津江岸, 相國黃喜之別墅也

도도(滔滔) : 물이 그득먹하게 퍼져 흐르는 모양

반구정에 놀다

정자에 올라 한 번 웃고 긴 강을 굽어보니

흐르는 물은 도도히 북방으로부터 내려온다

동족의 비애는 어느 날에 다할꼬

하늘 멀리에는 해오라기가 짝지어 날아가네

반구정은 문산 임진강 언덕에 있는데, 상국 황희의 별서이다.

21. 歲暮有感

一九八八年十二月二十八日

戊辰歲暮, 獨坐寒齋, 想起南北離散家族之悲懷, 因而有作.

清漢江頭候雁飛

寒窓白雪映殘暉

今年又復違相見

冷落河山信息稀

후안(候雁): 철을 따라 깃들여 사는 곳을 달리하는 기러기.
신식(信息): 소식. 편지.

세모에 느낀 바가 있어

무진년(1988) 세모에 홀로 찬 서재에 앉아서 남북 이산가족의
슬퍼함을 상기하여 짓다.

맑은 한강 머리에는 기러기가 날아가고

한창에는 녹다 남은 흰 눈이 비추고 있네

금년에도 또 서로 만나보지 못하니

쓸쓸한 산하에는 소식조차 드물구나

22. 春望

一九八九年三月三十日

霏霏春雨過東湖
塞北天長歸雁孤
京邑寓居今幾載
洛濱千里尚迷途

비비(霏霏) : 비가 부슬부슬 오는 모양.
동호(東湖) : 한강 가운데 뚝섬에서 옥수동에 이르는 곳을 가리킴.
낙빈(洛濱) : 낙동강(洛東江) 연안. 여기선 필자의 고향 밀양을 가리킴

봄날에 바라보다

부슬부슬 봄비는 동호를 지나가고
북쪽 변방 긴 하늘엔 돌아가는 기러기 외롭네
서울에 우거한 지 금년이 몇 해인가
낙동강 천 리 길, 길이 아득하네

23. 訪頭陀山動安居士遺趾

一九八九年七月二十七日

松間雲氣擁寒齋

太古蒼苔掩石階

居士風流無覓處

琳宮寂寂佛僧偕

동안거사(動安居士) : 고려 말의 문신이자 학자인 이승휴(李承休, 1224~1300)의
    호(號). 벼슬은 밀직부사(密直副使) · 감찰대부(監察大夫) 등을 지냈고 저술로
    는 『제왕운기(帝王韻紀)』, 『동안거사집(動安居士集)』이 있다.
임궁(琳宮) : 사원(寺院).

두타산 동안거사의 옛 집터를 찾아보고

소나무 사이 운기가 찬 집을 에워싸고 있고
태고의 푸른 이끼 섬돌을 가리고 있네
거사의 풍류는 찾을 곳이 없고
절간은 적적한데 스님이 함께하네

24. 陟州

白鳥翩翩浦口回
頭陀山翠入樓臺
眉翁神篆退潮處
騷客臨風同擧杯

척주(陟州) : 삼척(三陟)의 고호.

편편(翩翩) : 훨훨 나는 모양

미옹신전(眉翁神篆) : 미수(眉叟) 허목(許穆, 1595~1682)이 전서(篆書)로 쓴 척주
　　동해비(陟州東海碑)를 가리킴. 허목은 특히 전서에 뛰어나 동방 제1인자라는
　　찬사를 받았다. 허목이 삼척부사로 있을 때 심한 폭풍이 일어 파도가 삼척을
　　덮쳤는데, 그가 동해를 예찬하는 노래를 지어 이 비석을 세우자 물난리가 가
　　라앉았다고 한다.

척주

백조는 편편히 날아 포구를 돌고 있고
두타산의 푸르름이 누대에 들어오네
미옹의 신전으로 조수 물리친 곳에
소객들은 아름다운 경치 보며 함께 술잔을 드네

25. 寓意

一九八九年十二月二十七日

人間富貴似浮雲

世態那能黑白分

元亮撫松聊與友

子猷種竹愛稱君

元亮晉陶潛之字也, 子猷晉王徽之之字也. 徽之嘗寄居空宅中,
便令種竹. 或問其故, 但嘯詠指竹曰, 何可一日無此君, 世稱竹曰,
此君也

요(聊) : 애오라지. 오직. 약간. 좀

애칭군(愛稱君) : 대를 사랑하여 차군(此君)이라 일컬었다.

내 생각에 부쳐

인간 세상의 부귀는 뜬구름과 같은데

세상 형편을 어찌 흑백으로 나누는가

원량은 소나무를 어루만지며 애오라지 솔을 벗하였고

자유는 대나무를 심어 대를 사랑하여 차군이라 일컬

었네

　　원량은 진나라 도잠의 자이며, 자유는 진나라 왕휘지의 자이다.
왕휘지는 일찍이 남의 빈집에 덧붙어서 살면서 일꾼을 시켜 대나
무를 심었다. 어떤 이가 그 까닭을 물으니, 다만 시를 읊조리며
대나무를 가리켜 말하기를 "어찌 하루라도 차군이 없을 수 있겠
는가"라고 하여, 세칭 대나무를 '차군'이라 일컬었다.

26. 早春

一九九〇年二月二十二日

朝雨霏霏浥小園

催春山鳥向人言

茅亭對客開新酒

一詠一觴西日昏

읍(浥) : 적시다.

최춘(催春) : 봄을 재촉하다.

이른봄

아침 비가 부슬부슬 작은 뒤안 적시고
봄을 재촉하는 산새는 사람 향해 지저귀네
모정에는 손님 맞아 새 술을 내어놓고
시 한 수에 술 한 잔 서산에 해가 저문다

27. 春朝

一九九〇年五月三日

春分後三日, 因沙浦書堂契, 作密陽行, 一泊四友亭, 其翌日朝起而
作.

終南山氣入窓寒
翠鳥喃喃飛上欄
眼底凝川春色滿
回頭華嶽雪留殘

사우정(四友亭) : 손암공(遜庵公) 신성규(申晟圭, 1905~1971)가 여러 조카 및 자
제들과 함께 백형(伯兄) 신정규(申楨圭)의 유지를 받들어 삼칸 집을 완성하고
4형제의 우애를 뜻하여 이름을 사우정(四友亭)이라 하였다. 정자가 완성됨에
바로 청사(廳事)를 열어 젊은이들이 학업을 익히는 곳을 만들고 편액을 걸어
사포서당(沙浦書堂)이라 하였다.

취조(翠鳥) : 물총새.

남남(喃喃) : 새가 재잘거리며 우는 소리.

응천(凝川) : 밀양교(密陽橋) 아래로 흐르는 강.

화악(華嶽) : 밀양 부북면 퇴로리의 배산(背山)으로 밀양의 진산(鎭山)이다.

봄 아침

춘분 뒤 3일에 사포서당계로 인해 밀양에 가서 사우정에 일박하고 그 이튿날 아침에 일어나 짓다.

종남산 산기가 바라지에 들어와 차고

물총새는 재잘거리며 난간에 날아오르네

눈으로 아래를 보니 응천은 봄빛이 가득하고

머리 돌리니 화악산엔 눈이 남아 쇠잔하네

28. 過楓橋

楓橋在蘇州姑蘇城外寒山寺側, 庚午七月十四日, 與諸賢過此, 有
懷張繼

寒山寺外古橋邊

却憶張君夜泊年

漁火客船何處去

至今人道是詩仙

풍교(楓橋) : 중국 강소성(江蘇省) 소주(蘇州)의 서쪽 교외 풍강(楓江)에 설치되어
　　있는 다리.
한산사(寒山寺) : 소주의 서쪽 교외 풍교(楓橋) 근처에 있는 사원(寺院).
장계(張繼) : 당대(唐代)의 뛰어난 시인으로 시선(詩仙)이라 하였다.

풍교를 지나면서

풍교는 소주 고소성 밖 한산사 곁에 있다. 경오년(1990) 7월 14
일 여러 친구들과 이곳을 지나다가 장계를 생각하다.

한산사 절 바깥 옛 다리 가에

문득 장계가 밤에 배 대고 잔 해를 추상해본다

어화의 객선은 어디로 갔는고

지금도 사람들은 그를 시선(詩仙)이라고 말하네

29. 登泰山

一九九〇年七月十七日

巖巖岱岳聳天邊
鎭守中州幾萬年
索道纜車臨極頂
憑虛羽化若登仙

태산(泰山) : 중국 산동성(山東省) 타안현(泰安縣)에 있는 산 이름이며 오악(五嶽)
　　중의 동악(東嶽). 중주(中州)의 진산(鎭山)이다.
대악(岱岳) : 태산(泰山)을 이름.
삭도(索道) : 가공삭도(架空索道). 공중 케이블카를 말함.
우화(羽化) : 우화등선(羽化登仙). 사람이 날개가 돋아서 하늘로 올라가 신선이 된
　　다는 말.

태산에 오르다

높고 험한 태산이 하늘가에 솟아 있으니

중국을 지키는 진산이라 몇만 년이 되었는고

케이블카를 타고 산 정상에 이르니

마치 허공에 의지하여 우화등선한 것 같네

30. 初夏午後聽大學街喊聲而作

彈雨硝烟相與交
喃喃燕雀競歸巢
南船北馬通何日
分斷山河鬱草茅

남선북마(南船北馬) : 남쪽은 배, 북쪽은 말이란 뜻으로, 중국의 남쪽은 강이 많아
　　배를 이용하고, 북쪽은 산과 사막이 많아 말을 많이 탄 데서 온 말이다. 사
　　방으로 늘 여행하거나 바쁘게 돌아다님을 의미하는 단어이지만, 여기서는 남
　　쪽과 북쪽, 즉 남북한을 가리킨다.
초모(草茅) : 풀 또는 잔디.

이른 여름 오후 대학가의 함성을
듣고 짓다

최루탄 연기가 여기저기에서 나고

재잘거리는 새들은 다투어 제집으로 돌아가네

남쪽과 북쪽이 어느 날 서로 소통할꼬

분단된 산하에는 무성한 풀뿐이라네

31. 東萊山城

八月十八日

古郭荒墟樹色多

林間飛鳥逐雲過

龍蛇戰跡今猶在

遊客何心醉放歌

동래산성(東萊山城) : 일명 금정산성이라고도 한다. 현 행정구역상 부산광역시 금
　　정구 금성동 금정산 정상부에 있기 때문이다. 동래산성은 조선시대 산성인데,
　　임진왜란 때 이 산성에서 전투가 벌어졌고, 그 뒤 국방을 튼튼히 하고 바다
　　를 지킬 목적으로 성을 다시 쌓았다.
용사전적(龍蛇戰跡) : 용과 뱀이 싸운 흔적. 여기서는 왜적(倭賊)과 싸운 전투의
　　흔적을 가리킴.

동래산성

옛 성곽 황폐한 터에 나무 빛이 많고
숲 사이 나는 새는 구름 쫓아 지나가네
왜적과 싸운 전적이 지금도 오히려 그대로 있는데
유객은 무슨 마음으로 취해서 목청 높여 노래 부르나

32. 過甘浦

東海元來說話多
史家文客作群過
萬波息笛今何在
只見漁翁發棹歌

감포(甘浦) : 경북 경주시 감포읍에 있는 포구. 해안을 따라 도로와 시가지가 밀집
  해 있으며, 감은사지·감포영성·문무왕 해중릉·봉길 해수욕장 등의 관광
  지가 있다.
만파식적(萬波息笛) : 신라 신문왕 때 있었다고 하는 신기한 피리. 동해 섬에 있
  는 신기한 대나무로 만들었고, 이것을 불면 나라의 모든 근심 걱정이 사라졌
  다고 한다. 『삼국사기』와 『삼국유사』에 전한다.

감포를 지나며

동해에는 원래 설화도 많아
사가와 묵객들이 무리지어 지나간다
만파식적 신기한 피리 지금은 어디에 있는고
다만 어옹이 뱃노래 부르는 것만 보이네

33. 山行

一九九一年十二月四日

雪嶽靈峰雲外高

石溪清冽鑑秋毛

向平苦待婚姻畢

塵世喧囂可得逃

向平後漢朝歌人. 建武年間男女嫁娶旣畢, 遊五嶽名山, 不知所終.

청렬(淸冽) : 맑고 찬 것.

진세(塵世) : 티끌이 있는 세상. 곧 이 세상.

훤효(喧囂) : 시끄러움. 떠들썩함.

산행

설악산 영봉은 구름 밖에 높다랗고

돌 계곡 맑은 물은 가을 티끌 감정할 정도라네

상평은 고대하던 자녀의 혼인이 끝나자

시끄러운 속세를 벗어나 명산으로 도피하였네

상평은 후한의 조가(朝歌) 사람이다. 건무 연간에 자녀가 시집가고 장가감이 이미 끝나자 오악의 명산에 은거하여 노닐었는데 어떻게 죽었는지는 알지 못한다.

34. 田家怨

農家悲怨日增高
南畝膏腴化不毛
擊壤謳歌何處在
可憐少壯四離逃

격양구가(擊壤謳歌) : 풍년이 들어서 농부가 태평한 세월을 즐겨 땅을 치면서 노
  래를 부르는 것을 일컫는다.

전가의 원망

농가의 슬픈 원망은 날로 증가하고
남쪽 들 기름진 땅은 불모로 변하였네
태평을 노래할 격양가는 어디에 있는가
가련하다, 젊은이들 사방으로 뿔뿔이 헤어져 도망가네

35. 壬申元朝

一九九二年一月一日

魅魑魍魎去何方
萬壑千峰帶瑞氣
鵲噪園中傳好信
梅開窓下發清香

매리망량(魅魑魍魎) : 두억시니. 사나운 귀신을 가리킴.

임신년 설날 아침

두억시니는 어디로 사라졌는가
만학천봉은 서기를 띠고 있네
까치는 뜨락에서 지저귀며 좋은 소식 전하고
매화는 창가에 피어 맑은 향기 풍기네

36. 泮宮夏日

泮宮古壁褪丹靑
杏樹淸陰滿廟庭
講罷夕陽閒倚几
蟬聲斷續隔窓聽

반궁(泮宮) : 성균관과 문묘를 통틀어 이르는 말.
단청(丹靑) : 옛날식 건물 등의 벽·기둥·천장 같은 데에 여러 가지 그림과 무늬
　　　를 그린 채색.

반궁의 여름날

반궁의 옛 벽엔 단청이 퇴색되어 있고
은행나무 녹음은 묘정에 가득 찼네
강의를 끝내고 석양에 한가히 안석에 기대니
끊어졌다 이어졌다 하는 매미 소리 창을 격해 들리네

37. 次韻德谷齋

一九九二年十月五日

疎松細竹繞齋樓

德谷祥光入檻頭

華下鶴聲明月夜

洛南鴻影白雲秋

連崗秀石無窮好

入洞清泉不盡流

秉燭一宵詩酒樂

古人風韻此堪求

덕곡재(德谷齋) : 경남 밀양시 부북면 덕곡리에 사는 밀성손씨(密城孫氏)들이 그
　　선조인 학음(鶴陰) 손태좌(孫台佐)를 추모하기 위해 지은 재실이다.

상광(祥光) : 상서로운 빛. 길(吉)한 조짐.

함두(檻頭) : 헌함(軒檻, 난간이 있는 좁은 마루) 머리.

낙남(洛南) : 낙동강 남쪽.

연강(連崗) : 밀양시 부북면 덕곡리 뒤에 있는 고강산(顧崗山)과 그 주변의 산들을
　　가리키는 말.

덕곡재에 차운하다

성근 소나무와 가는 대들이 재실을 에워싸 있고
덕곡의 상광이 헌함 머리에 들어오네
밝은 달밤 화악산 아래 학 소리 들리고
흰 구름 뜬 가을날 낙남에 기러기 날아간다
고강 주변에는 수석들이 한없이 좋고
마을 앞 맑은 샘물은 끊임없이 흐른다
촛불 켜고 하룻밤 시와 술로 즐기니
고인의 풍취를 여기에서 찾을 만하구나

38. 遊三峽

一九九一年十月二十七日

萬疊雲山夜氣澄
遠望江北鴈飛昇
盛唐李杜今無處
白帝城高幾點燈

삼협(三峽) : 중국 사천성(四川省)과 호북성(湖北省)의 경계지역인 초서산지(楚西山
　　地)를 양자강(揚子江)이 가로지르는 곳에 형성된 세 개의 협곡. 서릉협(西陵
　　峽), 귀향협(歸鄕峽), 무협(巫峽)을 말한다.
성당(盛唐) : 당시(唐詩) 문학에서 당(唐)나라를 사분(四分)하여 초당(初唐)·성당
　　(盛唐)·중당(中唐)·만당(晩唐)으로 하였는데 그 둘째 시기.
이두(李杜) : 이백(李白)과 두보(杜甫).
백제성(白帝城) : 중국 사천성(四川省) 당절현(当節縣)에 있는 성으로 삼협(三峽)의
　　상부에 위치해 있다.

삼협에 노닐다

첩첩으로 된 구름 산 밤 기운이 맑고
멀리 강북을 바라보니 기러기가 날아오르네
지금은 없는 곳이지만 성당의 이백·두보가
백제성 높아서 몇 번이나 접등하였는고

39. 君山吟

十月三十日

浩渺洞庭秋水澄
君山島外白雲昇
瀟湘斑竹湘君淚
蕭瑟荒墳殘石燈

군산(君山) : 동정호(洞庭湖) 한가운데에 있는 산.

호묘(浩渺) : 넓고 아득한 것을 말함.

소상반죽(瀟湘斑竹) : 반죽(斑竹)은 줄기 겉에 얼룩점이 있는 대나무의 한 가지인
　　데, 순(舜)과 헤어져 다시 만나지 못한 상군(湘君)의 슬픈 눈물이 대나무에 뿌
　　려져 이루어진 것이 소상반죽이라 전한다.

상군(湘君) : 요(堯)의 딸이며 순(舜)의 비(妃)로 전해진다.

군산에서 읊조리다

넓고 아득한 동정호는 가을 물이 맑고

군산도 밖에는 흰 구름이 솟아오르네

소상반죽은 상군의 눈물이요

쓸쓸한 거칠어진 무덤에는 쇠잔한 석등뿐이네

40. 遊頤和園

一九九三年一月二十八日

山東大學召開東方實學研討會, 散會翌日, 還到北京, 遊頤和園, 還
國後, 以杏詩壇第五十九回韻, 回想其時而作.

錦繡湖山次第尋

金樓銀閣聳脩林

一時富貴徒春夢

媚佛拋民西后心

西太后不顧民事, 只爲一身之榮華, 以軍費資金, 建立佛香閣於萬
壽山頂, 朝夕供佛.

이화원(頤和園) : 중국 북경에 있는 황실의 여름 별장이었는데 서태후가 실권을
　　장악한 후 막대한 자금을 쏟아부어 화사한 궁전의 형태로 변모시켰다.
호산(湖山) : 곤명호(昆明湖)와 만수산(萬壽山).

이화원에 노닐다

산동대학이 동방실학 연토회를 개최하고 산회한 그 이튿날 북경으로 돌아와 이화원을 유람하고, 나라에 돌아온 뒤 행시단 59회 운으로 그때를 회상하여 짓다.

비단에 수놓은 호산을 차례로 찾으니

금루와 은각이 긴 숲으로 솟아 있네

한때의 부귀는 한갓 춘몽일 뿐인데

부처에 아첨하고 백성을 포기함이 서태후의 마음이네

서태후는 민사를 돌아보지 않고 다만 일신의 영화를 위해 군비자금으로 불향각을 만수산정에 건립하고, 조석으로 부처에게 공양하였다.

41. 訪白馬寺

一九九三年五月

春殘古刹落花紅

處處刑碑字半空

白馬駄經今幾歲

一時中夏佛旋風

漢明帝夜夢見金人駄經白馬而來, 翌晨召集大臣, 告以所夢, 太史
傅毅曰, 臣聞西方有神, 其名曰佛, 形如陛下之所夢. 明帝卽遣使於西
域。求佛法而歸.

백마사(白馬寺) : 사천성(四川省) 경부현(慶符縣) 동쪽에 있는 절 이름. 옛 낙양성
(洛陽城)의 서쪽에 있으며, 중국 최초의 불교 사찰이다.

백마사를 찾아서

봄이 쇠잔하여 옛 절에 낙화가 붉고

여기저기 깎인 비석 글자가 절반 비어 있네

백마가 불경 싣고 온 해가 얼마나 되었는고

한때 중국에는 불교가 선풍이었네

    한 명제가 밤에 꿈에 금나라 사람이 백마에 불경을 싣고 오는 것을 보고, 익일 새벽에 대신들을 소집하여 꿈꾼 바를 알리니, 태사 부의가 말하기를, "신이 서방에 신이 있다는 것을 들었는데 그 이름을 부처라 하며 형체가 폐하의 꿈꾼 바와 같습니다" 하니 명제가 곧 서역에 사신을 파견하여 불법을 구해 돌아왔다.

42. 遊山井湖水, 歸路車中,
歎南北離散家族

一九九三年七月一日

湖水北端稀作農

一山盡處又山重

閑雲飛鳥任來往

吾等何時相笑逢

산정호수(山亭湖水) : 경기도 포천시 영북면 산정리에 있다. 1977년 국민관광지로
　지정되어 많은 관광객이 즐겨 찾는 곳이다. 병풍과 같은 웅장한 명성산을 중
　심으로 호수 양 옆에 망봉산과 망무봉을 끼고 있다.

산정호수에서 놀고, 돌아오는 길
차중에서 남북 이산가족을 탄식하며

호수 북단에는 농사짓는 일이 거의 없고
한 산이 다하면 또 산이 거듭되네
한가한 구름 나는 새는 마음대로 왕래하는데
우리들은 어느 때 서로 웃으며 만날꼬

43. 一九九三年七月二十三日
茶山研究會諸賢, 遊坡州廣灘,
歸路過蓮潭李孝友新第

紅塵萬念濯淸江

賢主佳賓倒酒缸

勝會忘形談笑裏

居然落照映西窓

홍진(紅塵) : 번거롭고 속된 세상.
망형(忘形) : 망형교(忘形交)를 말함. 형적(形迹, 용모나 지위 등)을 벗어난 친밀한
　　교제.
거연(居然) : 어느덧.

1993년 7월 23일 다산연구회 여러
벗들이 파주 광탄에서 놀다가 돌아오는
길에 연담이효우의 새집에 들렀다

홍진의 모든 생각 맑은 강물에 씻고
어진 주인과 아름다운 손님이 술잔을 기울인다
좋은 모임에 모두 자신을 잊고 담소하는 가운데
어느덧 석양이 서쪽 창에 비치네

44. 次敬慕亭韻

一九九三年八月

落霞中麓一亭成

敬慕高扁百世情

賢尹遺風化民俗

名家錫類繼先聲

種花栽竹春光好

臨水傍山夏氣淸

賢主嘉賓逢勝夜

唱酬不覺到天明

경모정(敬慕亭) : 이 정자는 필자의 벗 삼정(三亭) 박등줄(朴登茁)이 그의 8대조
　　　모산공(牟山公) 박상희(朴尙熙, 1688~1758)의 업적을 기리기 위해 창건한 것
　　　이다. 모산공의 4대조가 한성부(漢城府) 우윤(右尹) 박선승(朴善承)이다.
낙하(落霞) : 낙하산(落霞山). 밀양 상동면 가곡리의 뒷산.
현윤(賢尹) : 어진 부윤(府尹). 여기서는 한성부 우윤이었던 박선승 부윤을 가리킴.
석류(錫類) : 영석이류(永錫爾類)의 준말. 『시경(詩經)』「대아(大雅)」「기취(旣醉)」
　　　편에 보면 "길이 너에게 선(善)을 주리로다"라고 하였는데, '선을 준다'는 것
　　　은 선량한 효자를 준다는 말이다.

경모정운에 차운하다

낙하산 중록에 한 정자가 이루어졌으니
'경모'라는 현판은 백세의 정이라네
어진 부윤의 유풍은 민속을 바꾸어놓았고
이름난 가문의 효성은 조선의 명성을 이었네
꽃을 심고 대나무를 재배하여 봄빛이 좋고
곁에 물과 산이 있어 여름 기운이 맑네
어진 주인과 아름다운 손님이 좋은 밤을 만나
서로 시문을 지어 주고받으며 날 새는 줄 모르네

45. 讀茶山孟子要義有感

經學眞詮未易知

諸家接葉更添枝

茶翁隻眼堪千古

實用濟民吾欲隨

맹자요의(孟子要義) : 조선 후기의 실학자 정약용(丁若鏞)의 『맹자(孟子)』 주해서
　　(註解書).

진전(眞詮) : 참뜻. 참된 깨달음.

척안(隻眼) : 뛰어난 견식.

다산의『맹자요의』를 읽고
느낌이 있어서

경학의 참뜻을 알기가 쉽지 않으니
제가들이 잎사귀를 붙이고 또 가지를 더하였네
다산의 뛰어난 견식은 능히 천고에 통할 만하니
실용으로 백성 구제함을 나는 따르고자 한다

46. 憶長江三峽舊遊

一九九四年二月七日

長江三日艦中居

疊疊靑山似太初

兩岸啼猿全不見

白雲無迹過村廬

장강(長江) : 양자강(揚子江).

제원(啼猿) : 원숭이의 울음.

지난날 장강삼협에 노닌 것을 추억하며

장강을 사흘 동안 유람선 속에서 지내니
겹치고 겹친 푸른 산은 태초와 같았네
양안에서는 원숭이 우는 것이 전혀 보이지 않고
흰 구름만 아무 자취 없이 마을을 지나갔다네

47. 古蹟踏査

甲戌三月下浣 與成均漢文學徒 踏査湖南地方, 過大興寺.

晨朝紅旭照前途
南國踏査眞可娛
彼岸橋頭春色好
高僧尙有讀經無

대흥사(大興寺) : 전라남도 해남군 삼산면 두륜산에 있는 절.
피안교(彼岸橋) : 대흥사(大興寺) 입구의 다리 이름.

고적답사

갑술년(1994) 3월 하순 성균 한문학도들과 함께 호남지방을 답사하면서 대흥사에 들렀다.

이른 아침 붉은 햇빛이 앞길을 비춰주니

호남의 답사는 참으로 즐길 만하네

피안교 머리에는 봄빛이 좋은데

고승은 오히려 불경을 읽고 있는지 없는지 조용하네

48. 訪永嘉知禮

甲戌八月四日, 與實是學舍茶山經學研究同學, 訪安東知禮藝術村.

遠來知禮脫塵街

水色山光日夕佳

三秀靈芝今不見

雲林深處一高齋

知禮人常云, 幽谷上流, 三秀古里.

영가(永嘉) : 경북 안동(安東)의 고호(古號).

지례(知禮) : 마을 이름. 지례(芝禮)라고 부르기도 한다. 경북 안동시 임동면 지례
리이다. 임하댐의 건설로 마을이 수몰 위기에 처하자 지촌(芝村) 김방걸(金邦
杰, 1623~1695)의 종택인 지촌종택(芝村宗宅)과 지촌제청(芝村祭廳) 및 지산
서당(芝山書堂)을 마을 뒷산 중턱에 이건하여 지례예술촌(知禮藝術村)을 조성
하였다.

삼수영지(三秀靈芝) : 영지버섯은 일 년에 세 번 꽃이 피기 때문에 삼수(三秀)라
부르기도 한다.

안동 지례를 방문하다

갑술년(1994) 8월 4일 실시학사의 다산 경학 연구 동학들과 함께 안동 지례예술촌을 방문하다.

홍진의 거리를 벗어나 멀리 지례에 들어오니

수색과 산광 그리고 석양의 경치 아름답네

세 번 꽃 피는 영지 지금은 보이지 않고

구름 숲 깊은 곳에 한 높은 재실이 우뚝하네

지례 사람들은 항상 말하기를 "유곡상류는 삼수의 옛마을이다"라고 하였다.

49. 乙亥觀善輔仁契會

一九九五年四月九日

名村一路白雲深
華嶽轎峰繚翠岑
淸德古家縈瑞氣
寒棲別業擁脩林
南郊麥浪連天色
北麓花香拂俗心
賢主佳賓酬唱席
黃鸝長日奏淸音

관선계(觀善契): 기미년(1919) 성헌(省軒 李炳憙)선생 회갑 일을 기해 선생의 학
　　덕을 기리는 영남 사람들이 계회를 만들어 해마다 추모 행사를 가져왔다.
보인계(輔仁契): 임오년(1942) 퇴수재(退修齋 李炳鯤)선생 회갑 일에 선생의 후학
　　들이 계회를 만들어 해마다 추모해오다가 광복 후 관선계회 날에 동시에 시
　　행하고 있다.
청덕고가(淸德古家): 맑은 덕이 서린 옛집. 성헌선생 옛집 정침의 당호가 청덕당
　　(淸德堂)이므로 필자가 청덕고가라고 한 것이다.
한서별업(寒棲別業): 서고정사(西皐精舍)의 부속 건물인 한서암(寒棲庵)에서 성헌
　　선생이 만년에 독서하며 은거하던 서실을 가리킴.

을해년 관선 · 보인계회

이름난 마을로 가는 길에 흰 구름이 깊고
화악과 교봉은 푸른 산봉우리로 둘러싸여 있네
청덕당의 고가에는 서기가 얽혀 있고
한서암의 별업에는 긴 대나무가 가리고 있네
남쪽 들 보리 물결은 하늘색을 연하였고
북쪽 산기슭의 꽃향기는 속세의 마음을 떨치네
어진 주인 아름다운 손님이 시를 주고받으니
꾀꼬리는 긴 날에 맑은 음악을 연주하네

50. 深春

一九九五年四月十九日

東風甘雨夜連晨

階下花開鳥語新

遙見南山增窈窕

蒼然一色又深春

요조(窈窕) : 여기서는 경치가 으늑하고 아름답다는 말이다.

창연(蒼然) : 빛깔이 몹시 푸르름.

깊은 봄

봄바람에 단비가 밤에서 새벽까지 이어지고
섬돌 아랜 꽃 피고 새 지저귐이 새롭네
멀리 남산을 보니 더욱 으늑하고 아름다우며
창연한 일색은 또 봄을 깊게 하네

51. 憶君山湘妃祠

辛未年遊中國, 至洞庭, 過君山湘妃祠. 今日回憶其時, 爲作一絶

長畫禽聲處處聞
瀟湘斑竹弔湘君
湖光山色眞如畫
可惜荒墳雜草紛

상비사(湘妃祠) : 이른바 순(舜)의 비(妃)로 전하는 상군(湘君)의 사당.
황분(荒墳) : 잡초가 무성하고 거칠어진 무덤.

군산의 상비사를 추억하며

신미년(1991) 중국을 유람하면서 동정호에 이르러 군산의 상비
사에 들렀는데 오늘 그때를 회억하며 절구 한 수를 지었다.

긴 낮 새소리가 여기저기에서 들리고

소상반죽은 상군을 조위(弔慰)하네

호수 빛과 산색은 정말 그림 같은데

애석하게도 거칠어진 무덤에는 잡초만 엉켜 있네

52. 贈三亭 朴登茁

霏霏春雨隔窓聞
長夜聯襟我與君
締得淸緣今幾歲
紅塵世事謾紛紛

청연(淸緣) : 아무 이해관계 없이 사귄 순수하고 맑은 인연.
홍진(紅塵) : 번거롭고 어지러운 세상. 속세(俗世).

삼정 박등줄에게 주다

부슬부슬 봄비는 창을 격해 들리는데
나와 그대는 긴 밤에 서로 옷깃을 잇닿아 앉아 있었네
맑은 인연 맺은 지 금년이 몇 해인가
홍진의 세상일 부질없이 분분했다네

53. 感時用鄭知常「送人」韻

從古西京壯觀多
往來遊客富詩歌
兩分國土何時合
浿水如今自作波

서경(西京) : 경주(慶州)를 동경(東京)이라 하고 평양을 서경(西京)이라 함.
패수(浿水) : 대동강.

정지상의 「송인」운을 사용하여 시국에 부치다

예부터 서경은 볼 만한 것이 많고
왕래하는 길손들은 시와 노래가 풍부하다네
양분된 국토는 어느 때 합쳐질까
대동강은 지금도 파도가 여전하다네

54. 丙子元朝

一九九六年一月一日

夜來瑞雪掩岡巒

候鳥高飛南北間

應是今年消息好

新朝紅旭滿東山

강만(岡巒) : 산과 묏부리.

후조(候鳥) : 철새.

홍욱(紅旭) : 붉은 해.

병자년 설날 아침

밤에 온 서설은 산과 묏부리를 덮고
철새는 남북 간을 높이 나네
아마도 금년은 소식이 좋으리라
새 아침 붉은 해가 동산에 가득 차네

55. 遊濟州島

四月六日

十里平郊油彩花

茫茫海上一帆斜

耽羅水國風光好

夜市紅燈照萬家

탐라(耽羅) : 제주도의 옛 이름.

홍등(紅燈) : 밤의 붉은 등불. 전등을 말함.

제주도에서 놀다

십 리 들판에 유채꽃이 한창이고
망망한 바다에는 한 돛단배가 비껴 있네
탐라의 수국은 풍광이 좋고
밤거리의 홍등은 수많은 민가를 비추고 있네

56. 登小白山

一九九六年五月中旬

小白山邊躑躅花
毘盧峰頂日西斜
回頭遙望飛雲外
滾滾長江點點家

척촉(躑躅) : 철쭉.
비로봉(毘盧峰) : 소백산 정상에 있는 봉우리.
곤곤(滾滾) : 강물이 가득 출렁출렁 흐르는 모양.

소백산에 오르다

소백산 주변에는 철쭉의 꽃이요
비로봉 정상에는 해가 지려고 하네
고개 돌려 멀리 날리는 구름 밖을 바라보니
곤곤히 흐르는 긴 강가엔 집들이 점점이네

57. 一九九六年七月下旬,
   遊智異山雙溪寺,
   贈許巻宇敎授一絶

智異山中更踏雲

鐘聲夜半隔窓聞

遠來深入離塵世

物外情懷我與君

야반(夜半) : 밤중. 밤이 깊은 때.
물외(物外) : 세상 물질을 벗어난 바깥 세계.

1996년 7월 하순 지리산 쌍계사에서 놀았는데 허권우 교수에게 절구 한 수를 주다

지리산에 들어와 다시 구름을 밟으니

종소리가 야반에 창을 격해 들리네

멀리 와서 깊이 들어와 진세를 떠나니

물외의 정회는 나와 그대이네

58. 歲暮詠懷

一九九六年十二月二十六日

物換星移若疾雷

陰消大地又陽回

學難老易知誰說

對酒閒吟雪裏梅

물환성이(物換星移) :「등왕각서(滕王閣序)」에 나오는 말인데, 세상의 사물이 바뀌
　고 별도 옮겨가는 것처럼 세월 가는 것이 빠른 것을 이름.

학난이로(學難易老) : 배움은 이루기 어렵고 늙기는 쉽다는 말인데, '소년이로학난
　성(少年易老學難成)'의 준말.

세모에 회포를 읊다

사물이 바뀌고 세월 가는 것이 빠른 번개 같아서

음이 대지에서 사라지고 또 양이 돌아왔다네

배움은 이루기 어렵고 늙기 쉽다는 것 누가 말했는지

아는가

술을 놓고 앉아서 한가히 눈 속에 매화를 읊는다네

59. 遊智異山雙溪寺

一九九七年三月六日

丙子七月下旬, 與實是學舍經學研究會諸少友, 遊智異山雙溪寺, 追憶其時事, 以杏詩壇韻作一絶

雙溪古寺聳脩林
百里雲山一路深
夜泊民家松籟寂
遠聽梵唄滌塵襟

수림(脩林) : 긴 숲.

송뢰(松籟) : 솔바람 소리.

범패(梵唄) : 석가여래의 공덕을 찬미하는 노래.

진금(塵襟) : 속된 마음이나 생각.

지리산 쌍계사에서 놀다

    병자 7월 하순 실시학사 경학연구회 젊은 벗들과 함께 지리산 쌍계사에서 놀았는데 그때 일을 추억해보며 행시단운으로써 절구 한 수를 짓다.

쌍계의 옛 절이 긴 숲에 솟아 있는데

백 리 구름 산에 한 길이 깊구나

밤에 민가에 투숙하니 솔바람 소리가 고요하고

멀리 범패 소리 들으니 속된 마음이 씻겨지네

60. 晚春遊西三陵

一九九七年四月二十四日

詩社風流筆競揮

暮煙斜日客忘歸

燕飛花落春將晚

到處青山無是非

서삼릉(西三陵) : 경기도 고양시 덕양구 원당동에 있는 조선시대 정릉(靖陵)과 효
　릉(孝陵) 및 예릉(睿陵)을 합한 능호(陵號)이다.

무시비(無是非) : 어디가 낫고 못한 것이 없다는 말.

늦봄에 서삼릉에서 놀다

붓을 다투어 휘두르는 시사의 풍류에
저녁연기 비낀 해에도 소객은 돌아감을 잊었네
제비는 날고 꽃은 떨어지며 봄이 장차 늦어지는데
도처가 청산이니 낫고 못할 것이 없네

61. 谷雲水石

一九九七年五月十日

谷雲在華川南面三一里, 金公壽增嘗置別墅於此 昔石泉答茶山書
云, 聞近入谷雲水石, 已覺神馳, 恨不致身其間, 今日與實是學舍諸少
友來遊谷雲, 想起茶山先生之故事, 因作一絶

水石淸寒照客杯

居然華岳夕陽催

茶翁故事堪追跡

吟罷歸程首更回

김수증(金壽增, 1624~1701) : 문신. 호는 곡운(谷雲). 익위사세마(翊衛司洗馬), 형
조·공조의 정랑(正郎), 각 사(司)의 정(正)을 거친 후 성천부사(成川府使)로
있을 때 동생 수항(壽恒)이 송시열과 함께 유배되자 벼슬을 버리고 곡운산(谷
雲山)에 은거함.
석천(石泉) : 신작(申綽, 1760~1828)의 호. 학자·문인. 일생을 학문에 전심하였으
며, 특히 경서(經書)를 고증학적 방법으로 주해(註解)해서 많은 저술을 남겼
다. 다산(茶山) 정약용(丁若鏞)과 경전에 대해 주고받은 서한이 많다. 저서로
는 『석천유고(石泉遺稿)』, 『시차고(詩次故)』, 『역차고(易次故)』, 『상차고(尙次故)』
등이 있다.
다옹(茶翁) : 다산 정약용을 높여서 일컬은 것이다.

곡운수석

곡운은 화천 남면 삼일리에 있다. 김공 수증이 일찍이 여기에 별서를 두었다. 옛날 석천이 다산에게 답한 편지에 이르기를 "듣건대 근자에 곡운의 수석 속으로 들어갔다고 하니, 이미 내 정신이 그쪽으로 달려가고 있음을 깨닫겠는데, 이 몸이 그 사이에 참여하지 못함을 한 되게 여깁니다"라고 하였다. 오늘 실시학사의 여러 젊은 벗들과 함께 곡운에 놀러 와 다산선생의 고사를 상기하고 인해서 절구 한 수를 짓는다.

수석이 맑고 차서 객의 잔을 비추고

어느덧 화악산에는 석양이 재촉하네

다옹의 고사를 추적해볼 만한데

읊조림을 파하고 돌아오는 길, 고개가 다시 그쪽으로 돌아가네

62. 悼又靑翁

一九九七年五月

又翁靈位獻淸杯

今日題詩雙淚催

南路便成千萬里

幽明相別幾時回

우청(又靑) : 정병조(鄭炳朝) 교수의 아호. 영문학자. 전 성균관대학교 대학원장.
유명(幽明) : 이승과 저승. 이 세상과 저 세상.

우청옹을 추도하며

우옹의 영전에 술잔을 드리며

오늘 만사를 쓰려니 두 눈에는 눈물을 재촉하네

남쪽 길은 곧 천만 리가 되었으니

유명이 서로 달라 어느 때나 돌아오실까

63. 中國紀行詩抄(1)

一. 又登中國長程

丁丑六月二十五日, 與同志十餘人, 搭乘飛機登中國長程

又搭飛機大陸行
茫茫天上夕陽橫
燕京風物今何似
極目河山萬里程

비기(飛機): 비행기.
극목(極目): 시력(視力)이 미치는 데까지 봄. 시야에 들어오는 한도까지를 말함.

중국 기행시초(1)

1. 또 중국 장정에 오르다

　　정축년(1997) 6월 25일 동지 10여 인과 함께 비행기에 탑승하여
중국 장정에 오르다.

또 비행기를 타고 대륙으로 가니

망망한 하늘에는 석양이 비껴 있네

연경의 풍물이 지금 어찌 전과 같겠는가

눈에 들어오는 강산은 만 리의 길이네

二. 成吉思汗墓 六月二十六日

寂寞荒原一墓成

規模雄大使人驚

華人不作撫胡計

廟室唯聞求應聲

近來中國人, 廟室及寺院等, 爲祈禱者, 到處掛懸「有求必應」之文.

징기스칸(成吉思汗) : 세계 역사상 가장 넓은 대륙을 점유한 몽골 제국의 창업자
　　이다. 중국사에는 원(元)나라의 태조(太祖)로 기록된다.

징기스칸묘(成吉思汗墓) : 내몽고자치구 동승시(東勝市)의 서남쪽 이금곽락기(伊金
　　霍洛旗) 구역에 있는데 그 능원(陵園)의 규모가 웅대하다.

구응(求應) : 유구필응(有求必應). 원하는 것을 구하기 위해 묘실이나 사원에 가서
　　빌면 그것이 이루어진다는 것을 말함.

2. 징기스칸의 묘

적막한 거친 들판에 한 묘가 이루어져 있으니

규모가 웅대하여 사람을 놀라게 하네

중국인은 호인을 무마할 계책을 쓰지 않고

묘실에는 오직 구응의 소리만 들리네

　　근래 중국인은 묘실과 사원 등에 기도하는 자를 위하여 도처에
'구함이 있으면 반드시 응하여 온다'라는 문구를 걸어놓았다.

三. 蒙古包 六月二十七日

蒙古包者, 遊牧民之居屋也 丁丑六月二十七日, 行至內蒙古希拉穆仁草原, 一夜投宿於蒙古包, 因作一絶

二八胡娘勸酒杯

一場歌舞更相催

草原夜半收寒雨

北路天山孤雁回

호랑(胡娘) : 여기서는 몽고의 낭자(娘子)를 가리킨다.

북로천산(北路天山) : 천산북로(天山北路)를 말한 것인데, 천산(天山)은 천산산맥(天山山脈)을 말함.

3. 몽고파오

몽고파오라는 것은 유목민이 사는 집이다. 1997년 6월 27일 일행이 내몽고 희랍목인(시라무런) 초원에 이르러 하룻밤 몽고파오에 투숙하고 따라서 절구 한 수를 지었다.

이팔(二八) 나이의 호인 낭자가 술잔을 권하니

연회장에는 노래와 춤을 더욱 서로 재촉하네

밤중이 되자 초원에는 찬 비가 걷히고

천산북로에는 외로운 기러기가 돌아가네

四. 王昭君 六月二十八日

墓在呼和浩特市市南郊桃花鄉.

冒頓雄邦形勢隆
中原大地恣侵攻
昭君枉被毛凶計
青塚如今怨漢宮

冒頓. 漢代匈奴之酋長單于冒頓. 毛, 毛延壽.

왕소군(王昭君) : 중국 서한(西漢) 시대 원제(元帝)의 후궁. 이름은 장(牆)이고 자가 소군(昭君)인데 절세미인이었다. 후궁으로 발탁되어 궁중에 들어갔으나 화공 모연수(毛延壽)가 추하게 그려서 올렸으므로 왕의 사랑을 받지 못했다. 당시 흉노의 침입에 고민하던 조정이 그들과의 우호 수단으로 왕소군을 흉노의 선우(單于, 군주. 추장) 모돈(冒頓)과 정략 결혼시켰다고 하는 고사(故事)가 있고, 그의 묘원을 '푸른 무덤(青塚)'이라고 한다.

4. 왕소군

묘는 호화호특시(후허하오터)의 남쪽 교외인 도화향에 있다.

모돈의 웅대한 흉노국은 형세가 성하여
중원 대지를 마음대로 침공하였네
왕소군은 모연수의 흉한 계책에 속았으니
지금까지도 푸른 무덤은 한나라를 원망한다네

모돈은 한나라 때 흉노의 추장 선우모돈이다. 모는 모연수이다.

五. 雲崗石窟 六月二十九日

雲崗石窟在山西省大同市雲崗鎭

雲崗石窟儘奇驚
人力神工交合成
彫佛萬千多彩像
風磨雨洗尙今精

진(儘) : 진실로 참으로
신공(神工) : 조물주의 재주와 솜씨.
풍마우세(風磨雨洗) : 풍우에 마멸되고 씻기는 것.

5. 운강석굴

운강석굴은 산서성 대동시 운강진에 있다.

운강석굴은 참으로 기이하고 놀라우니
인력과 신공이 서로 합성한 것이네
조각한 불상 천만 개가 다채로운 상을 하고 있는데
바람에 마멸되고 비에 씻겨서도 오히려 지금까지
정교하구나

六. 五層木塔 六月三十日

五層木塔, 在山西省應縣, 規模雄大, 彫刻古朴, 天下奇觀也.

中夏妙工來此知

芳流百世豈虛辭

層層彫刻釋迦像

微笑慇懃慈與悲

到處遺物, 刻書「百世芳流」之文.

고박(古朴) : 예스럽고 소박함.

묘공(妙工) : 기묘한 솜씨.

방류(芳流) 꽃다운 향기가 흐름. 방류백세(芳流百世) 또는 백세방류(百世芳流)라
하는 말은 꽃다운 문물이 백대로 전해져 내려오고 있다는 표현이다.

6. 오층목탑

오층목탑은 산서성 응현에 있는데 규모가 웅대하고 조각이 고
박스러워 천하의 기관이다.

중하의 묘공을 여기에 와서 알겠으니

백세도록 방류한다는 말이 어찌 헛말이겠는가

층층으로 조각해놓은 석가상은

은근한 미소에 자비가 가득하네

도처의 유물에는 '백세방류'라고 쓴 문구를 새겨놓았다.

七. 懸空寺

恒山中麓佛龕成
築造懸空儘佲名
絶妙技工神鬼力
茫然遊客發歎聲

항산(恒山) : 중국 산서성(山西省)에 위치한 산. 오악(五岳) 중 북악(北岳).
불감(佛龕) : 사원(寺院).
탁(佲) : 붙이다.

7. 현공사

절은 산서성 혼원현 항산 아래의 금룡협에 있다.

항산 중턱에 불사가 만들어져 있는데
절을 축조하여 공중에 매달아놓아 붙여진 이름이네
절묘한 기공은 귀신의 솜씨이니
망연히 유객들은 감탄하는 소리만 발하네

八. 三晉名泉

從古太原剗水緣
晉祠偏有一名泉
西周唐叔遺封地
古色蒼然漢閣連

　　晉祠在山西省太原，太原古西周時，成王封弟叔虞爲唐侯之地　晉
始發于此，後代於其地建立晉祠，爲尊祀唐叔虞之宗廟.

삼진(三晉) : 춘추시대　조(趙) · 위(魏) · 한(韓)의　3씨(氏)가　진(晉)에　벼슬하여　경
(卿)이　되어　있었다가　뒤에　나누어져　독립하였으므로　삼진(三晉)이라　한다.

8. 삼진의 명천

예부터 태원은 물과는 인연이 적었는데

진사에만 다만 하나의 명천이 있었네

서주 당숙의 유봉지에

고색이 창연하게 한각들이 이어져 있네

    진사는 산서성 태원에 있는데, 태원은 옛 서주 시대 성왕이 아우 숙우를 봉하여 당후로 만든 땅이다. 진나라는 여기에서 처음 발상하였고 후대에 그 땅에 진사를 건립하여 당숙우를 추존해 제사를 받드는 종묘로 삼았다.

九. 過太原

至太原, 却憶李太白「太原早秋」

李白昔時來此遊

‘心飛故國’苦吟秋

太原風物古今異

處處猶存閣與樓

李白「太原早秋」詩, 有‘心飛故國樓’之句.

처처(處處) : 여기저기.

유존(猶存) : 오히려 지금까지도 보존되어 있다는 말.

9. 태원을 지나며

태원에 이르러 문득 이태백의 「태원조추」라는 시를 추억해본다.

이백이 예전에 여기에 와서 놀았는데
'마음은 고향으로 날아간다'고 괴롭게 가을을 읊었네
태원의 풍물은 고금이 다르나
여기저기에는 오히려 한나라의 누각이 보존되어 있네

이백의 「태원조추」 시에 "마음은 고향 누정으로 날아간다"는
구절이 있다.

十. 塞湖船遊 七月二日

　　塞湖在避暑山莊, 丁丑七月二日, 與同志十餘人, 泛遊船于塞湖, 傾
白酒而作一絶

日暮塞湖煙雨霏

舟中騷客羽觴飛

金山殿閣風光好

宮闕主人何處歸

　　金山, 康熙年間, 仿鎭江金山江天寺而建築也

피서산장(避暑山莊) : 청나라 강희황제 때 열하(熱河) 지역에 광대한 규모로 웅장
　　하고 화려한 궁전을 건축하여 '피서산장'이라 하고 여름철이 되면 궁실을 이
　　곳으로 옮겨 집무를 하였다.
우상(羽觴) : 참새 모양으로 된 술잔. 술잔의 범칭. 이백(李白)의 「춘야연도리원서
　　(春夜宴桃李園序)」에 보면 '비우상이취월(飛羽觴而醉月)'이란 구절이 있다.
방(仿) : 본받다. 흉내를 내다. 방(倣)과 통용.

10. 새호의 뱃놀이

새호는 피서산장에 있다. 정축년(1997) 7월 2일 동지 10여 인과 함께 새호에 유선을 띄워놓고 백주를 기울이면서 절구 한 수를 짓다.

날이 저문 새호에 안개비가 내리고

배에는 소객들이 서로 술잔을 날리네

금산전각은 풍광이 좋은데

궁궐의 주인은 어디로 돌아갔는고

금산은 강희 연간에 진강 금산 강천사를 본받아 건축한 것이다.

十一. 避暑山莊有感

避暑山莊在熱河省承德市北方二十公里.

避暑山莊清帝宮
功名富貴兩無窮
當時民苦誰知道
古色丹靑映水紅

청제궁(淸帝宮) : 청(淸)나라 제왕의 궁전.
수지도(誰知道) : 누가 알아서 말하겠는가. 도(道)는 말한다는 뜻이다.

11. 피서산장에서 느낀 바가 있어

피서산장은 열하성 승덕시 북방 20리에 있다

피서산장은 청나라 왕의 궁전인데

공명과 부귀가 둘 다 무궁하였네

그러나 당시의 민고를 누가 알아서 말할꼬

고색의 단청이 물에 비쳐 붉네

十二. 酒樓 '流霞亭'

借燕巖之言, 熱河酒樓繁華, 壁上多名人書畫, 流霞亭其一也云. 今日此亭所在不明.

熱河避暑燕翁傳

昔日壯觀今不然

酒店流霞何處在

遊人出入只收錢

연옹(燕翁) : 연암(燕巖) 박지원(朴趾源, 1737~1805)을 높여서 일컬은 것이다.

12. 주루 '유하정'

　연암의 말을 빌리면 "열하의 주루는 번화하고 벽에는 명인들의 서화가 많았으며 유하정은 그중의 하나"라고 하였다. 오늘 이 유하정의 소재는 명확하지 않다.

열하의 피서산정을 연암옹이 전하였는데

옛날의 그 장관이 지금은 그렇지 않네

주점 '유하정'은 어디에 있는가

유객들의 출입에 다만 입장료만 걷네

64. 石如成大慶教授自成均學府定年退職。因作七絶一首以呈

一九九七年十月

杏樹秋風頖水家

大成門外夕陽斜

講壇今日飄然去

從此高吟賞月花

석여(石如) : 성대경(成大慶) 교수의 아호. 경남 창녕 출생. 사학자. 전 성균관대학
    교 대학원장. 저서 다수가 있음.
반수가(頖水家) : 반궁(泮宮)을 가리킨다.
상(賞) : 감상하다.

석여_{성대경} 교수가 성균관대학교에서
정년퇴직하였는데, 인해서 칠언절구 한
수를 지어 증정하다

은행나무 가을바람이 반궁에 불어오고

대성문 밖에는 석양이 비껴 있네

강단을 오늘 표연히 떠났으니

이로부터는 높이 읊조리며 달과 꽃을 감상하자꾸나

65. 杏詩雅會

一九九八年二月二十六日

杏壇詩會十餘春
每月相逢擧盞頻
好句初成咸擊節
清宵芳席伴佳人

격절(擊節) : 무릎을 손으로 치면서 감탄하는 것.
청소(清宵) : 맑은 밤. 시어(詩語)로 많이 쓰인다.

행시단 벗들이 모여서

행시단 시회가 십여 년이 되었고
매월 서로 만나 빈번하게 잔을 들었네
좋은 시구가 이루어지면 함께 무릎을 치니
맑은 밤 꽃다운 자리에 가인을 짝하였구려

66. 數日前金剛山全景出於電視器, 有感而作

一九九八年四月五日

萬壑寥寥樹木深

靈山列峀聳千尋

金剛勝景眞仙界

促轡登攀莫逐心

요요(寥寥) : 고요하고 쓸쓸한 모양.

천심(千尋) : 천 길.

승경(勝景) : 뛰어나고 이름난 경치.

수일 전에 금강산 전경이 텔레비전에 나왔는데, 느낌이 있어 짓다

만학은 적료하고 수목은 짙으며

영산의 봉우리들은 천 길을 솟았네

금강의 뛰어난 경치 진실로 신선의 세계이니

고삐를 재촉하여 등반해보려 해도 마음이 따를 수

없네

67. 次洛州齋原韻

一九九八年九月

別業名亭古洛東

沈潛長日樂無窮

園中白石新苔綠

雲外青山落照紅

賢主清儀輝世德

嘉賓秀句頌先功

悠悠江水今如舊

明禮家門瑞氣隆

낙주재(洛洲齋) : 조선조 인조(仁祖) 때 왕족인 낙주재(洛洲齋) 이번(李潘)이 벼슬
　　을 버리고 낙향하여 낙동강 가에 숨어 살면서 세상을 잊고 편안하게 지낸 별
　　서(別墅)이다. 밀양 하남면 명례리에 있다.
별업(別業) : 별서(別墅). 별장(別莊).
침잠(沈潛) : 여기서는 공부에 생각이 깊이 잠기는 것.
청의(淸儀) : 맑은 거동. 맑은 모습.
세덕(世德) : 대대로 쌓아 내려오는 아름다운 덕.

낙주재의 원운에 따라 짓다

별업의 명정이 옛 낙동에 자리잡고 있으니

학(學)에 침잠하는 긴 날에 즐거움이 무궁하리라

뜰 안의 백석에는 새 이끼가 푸르고

구름 밖의 청산에는 낙조가 붉네

어진 주인의 맑은 거동은 세덕을 빛내고

아름다운 손님의 빼어난 시구는 선대의 공을 칭송하네

유유히 흐르는 강물은 지금도 옛과 같고

명례 가문에는 상서로운 기운이 융성하네

68. 贈樂山樂水堂主人

一九九八年九月十五日

一路逶迤繞碧山

溶溶江水此回灣

春深桃李粧仙境

秋晚桑麻作別寰

明月尋人來戶外

落霞成峀聳雲間

多君好享歸田趣

錫類承先百代安

요산요수당 주인(樂山樂水堂主人): 요산요수당의 주인은 필자의 지기지우(知己之
友)인 삼정(三亭) 박등줄(朴登茁) 형이다. 요산요수(樂山樂水)는 『논어(論語)』
의 '인자요산, 지자요수(仁者樂山, 知者樂水)'에서 따온 말이다.
위이(逶迤): 길이 구불구불한 것.
용용(溶溶): 강물이 질펀하게 흐르는 모양.
별환(別寰): 별세상.
낙하(落霞): 118쪽 각주 참고

요산요수당 주인에게 주다

한 길이 구불구불 푸른 산에 둘러싸여 있고
질펀한 강물은 여기에서 물굽이를 돌리네
봄이 깊으면 복사꽃 오얏꽃으로 선경을 꾸미고
가을이 늦으면 뽕나무와 삼으로 별세상을 만든다네
명월은 사람 찾아 문밖에 와서 비추고
낙하는 산봉우리를 이루어 구름 사이에 솟네
그대는 좋게 전원으로 돌아갈 정취를 누려
길이 효도로 조상을 이어 백 대가 편안하리라

69. 訪于山國

一九九八年十月九日

鬱陵孤島海東頭

遠水長天一色秋

處處鎔巖依太古

無涯萬頃碧悠悠

우산국(于山國) : 삼국시대에 울릉도에 있던 나라. 여기서는 울릉도를 가리킴.

울릉도를 방문하다

동해의 외로운 섬 울릉도

물과 하늘이 한 색인 가을이네

여기저기에는 용암이 태고 그대로이고

끝없는 만경창파 유유도 하네

70. 中國紀行詩抄(2)

一. 古都汴京 一九九八年十月三十日

汴梁文物尚流芳

北宋古都秋菊香

一望龍亭雲外聳

潘楊湖水鶴飛翔

龍亭境內, 有二湖, 東潘家湖 西楊家湖.

변경(汴京) : 지금의 하남성 개봉현 개봉시(開封市)의 고호(古號). 후량(後梁) 및 북
   송(北宋)의 도읍이었으며, 변량(汴梁)도 동일한 지명이다.
용정(龍亭) : 개봉시 서북쪽 용정공원 안에 있다. 이곳에는 본래 북송 이후 금(金)
   나라 말기까지 화려하고 거대한 궁전 건물이 가득했으나 지금은 불교 유적으
   로 바뀌었다.

중국 기행시초(2)

1. 옛 도읍 변경

변량의 문물은 지금도 그 꽃다움이 전해오고

북송의 옛 도읍에는 가을 국화 향기이네

멀리 용정은 구름 밖에 우뚝 솟아 있고

반가 양가의 호수에는 두루미가 한가히 날고 있네

　　용정의 경내에는 두 호수가 있는데 동쪽은 반가의 호수이고 서
쪽이 양가의 호수이다.

二. 包公祠

包公祠, 宋包拯之祠堂也. 性剛毅淸廉, 歷知開封府, 施善政.

官人聲望在廉淸
孝肅侍郎符盛名
十月包湖魚鼈躍
祠堂塑像更光明

포공사(包公祠) : 중국 송(宋)나라 때 명관(名官)인 포증(包拯, 999~1062)을 모신 사당
　　으로 개봉 시내 중심가 포공호(包公湖) 서쪽 언덕에 자리 잡고 있다. 포증은 청
　　렴결백한 관리로 명망이 높았으며, 권력자에게 굴복하지 않고 법을 엄정하게
　　집행한 것으로 유명하여, 후세 사람들이 포청천(包靑天)이라 칭송하였다.
효숙시랑(孝肅侍郎) : 효숙(孝肅)은 포증의 시호(諡號)이고 시랑(侍郎)은 벼슬.
어별(魚鼈) : 물고기와 자라. 물속의 고기들을 총칭함.
소상(塑像) : 찰흙으로 만든 사람의 형상. 인물 모형.
포호(包湖) : 포증을 상징하는 호수. 포공호(包公湖).

2. 포공사

포공사는 송나라 포증의 사당이다. 성격이 강의하고 청렴하며
여러 번 개봉부를 맡아서 선정을 베풀었다.

관인의 명망은 청렴에 달려 있으니

효숙 시랑은 그의 큰 명성에 부합하네

10월의 포호에는 물고기들이 뛰어놀고 있고

사당의 소상은 더욱 빛이 밝네

三. 訪中岳廟 十月三十一日

嵩山遊客萬人波
歲歲年年無數過
中岳廟堂幾千載
風磨雨洗古碑多

---

3. 중악묘를 방문하다

숭산의 유객은 수많은 인파이며
연년세세 사람들이 수없이 지나가네
중악 묘당은 몇천 년인고
풍우에 마멸된 옛 비들이 많구나

四. 嵩陽書院

山色溪聲心性淸
先賢此地亦成名
嵩陽書院兩程在
理學源流於是明

승양서원(嵩陽書院) : 중국 4대 서원의 하나이며 하남성 등봉현(登封縣) 숭산(嵩山)
  남쪽 기슭에 있다.
양정(兩程) : 송대(宋代)의 이학자(理學者) 정명도(程明道)와 정이천(程伊川)을 가리
  킴.
이학(理學) : 성리학(性理學).

4. 숭양서원

산색과 개울 물소리에 심성이 맑아지는데
선현들도 이곳에서 또한 이름을 이루었네
숭양서원에는 명도·이천 두 분이 계시니
이학의 연원이 여기에서 밝아졌네

五. 於西安行火車中　十一月一日

與諸賢一行, 離洛陽向發西安, 二層客車內, 設酒餐共飲.

親朋酬酢笑談長

窓外秋花百里香

早起乘車洛陽去

伊川江上白鷗翔

수작(酬酢) : 서로 술잔을 주고받으며 술을 권함.
이천(伊川) : 낙양 앞을 흐르는 강.

5. 서안으로 가는 기차 안에서

여러 벗들 일행과 함께 낙양을 떠나 서안으로 향해 출발하였는
데, 2층 객차 안에 주찬을 마련하여 함께 술을 마셨다.

친한 벗들이 술잔을 주고받으며 소담이 길고

창밖 가을꽃은 백 리의 향기이네

일찍 일어나 차를 타고 낙양을 떠나니

이천의 강에는 흰 갈매기가 날고 있더라

六. 西安郊外 十一月二日

李唐遺跡萃西安
十月江楓秋色寒
渭水如今流滾滾
回頭更向華山看

이당(李唐) : 당나라가 이씨(李氏) 왕조였기 때문에 이당(李唐)이라 함.
위수(渭水) : 감숙성 위원현(渭源縣)에서 발원하여 섬서성을 거쳐 황해로 들어가는 강.
화산(華山) : 오악(五嶽)의 서악(西嶽). 섬서성 화음현(華陰縣)의 남쪽에 있다. 일명 태화(泰華).

6. 서안의 교외

당나라의 유적이 서안에 모여 있고
10월의 강가 단풍 추색이 차네
위수는 지금도 곤곤히 흐르는데
머리를 다시 화산 쪽으로 돌려본다

七. 法門寺

唐代琳宮到處多
法門古刹特繁華
韓翁倡導古文運
佛骨諫迎嗟奈何

唐憲宗, 遣中使杜英奇等, 至法門寺, 迎奉佛骨, 時韓愈任刑部侍郎,
上疏諫迎佛骨, 憲宗怒甚, 貶韓公爲潮洲刺史.

법문사(法門寺) : 지금의 섬서성 부풍현(扶風縣) 북쪽 20리 숭정진(崇正鎭)에 있다.
한옹(韓翁) : 한유(韓愈)를 높인 말. 한유는 당시 고문(古文) 운동을 하였고 불교를
　　배척하여 헌종(憲宗)에게 「논불골표(論佛骨表)」를 상소하였다.
불골(佛骨) : 부처의 유골(遺骨). 사리(舍利).

7. 법문사

당대의 사원은 여기저기에 많은데

법문 고찰은 유독 번화하네

한옹은 고문의 문운을 창도하였는데

불골 맞이함을 반대했다고 유배하니 탄식스럽네

    당나라 헌종이 중사 두영기 등을 보내어 법문사에 가서 불골을
맞이해오라고 하였다. 이때 한유는 형부시랑을 맡고 있었는데 상
소하여 불골을 궁중에 맞이하는 것을 반대하니, 헌종이 노함이
심하여 한유를 좌천해서 조주자사로 삼았다.

八. 阿房宮址

阿房宮址在西安
變作麥田霜露寒
太息秦皇行樂處
萬邦遊客往來看

아방궁(阿房宮) : 진시황(秦始皇)이 아방(阿房)에 지었던 궁전 이름. 섬서성 서안
　(西安)에 그 유적이 있다.

8. 아방궁 터

서안에 있는 아방궁 터가
보리밭이 되어 이슬과 서리가 차네
탄식스럽구나! 진시황의 행락처에
만방의 유객들이 오가며 보네

九. 遊武夷九曲 二絶

(一)

槎工款乃客心安

九曲武夷江水寒

誰謂水無山不立

隱屏仙掌倚船看

    款乃, 謂欸乃, 櫓聲也. 水與山之天然結合, 有云 '山無水不秀, 水無山不立' 之句.

무이구곡(武夷九曲) : 중국 복건성의 명산(名山)인 무이산(武夷山)의 구곡계(九曲溪). 송나라 주희(朱熹)가 일찍이 구곡가(九曲歌)을 지었다.

은병(隱屏) : 무이산의 36봉우리 중 하나인 은병봉(隱屏峰)을 가리킴.

선장(仙掌) : 무이산의 36봉우리 중 하나인 선장봉(仙掌峰)을 가리킴.

9. 무이구곡에 노닐다

(1)

사공의 노 젓는 소리에 나그네 마음이 편안하고

구곡의 무이는 강물이 차네

누가 '물은 산이 없으면 서지 못한다'고 하였는가

은병봉과 선장봉을 배에 기대어보네

　　애내는 애내로, 노 젓는 소리이다. 물과 산의 천연 결합을 "산
은 물이 없으면 빼어나지 못하고 물은 산이 없으면 서지 못한다"
고 말한 구가 있다.

（二）

十月丹楓映綠波

乘船九曲聽長歌

武夷山水風光好

騷客年年往復多

장가(長歌) : 시가(詩歌)의 한 형식으로 곡조가 긴 노래이지만, 여기서는 사공이
　　　노를 저으며 길게 흥얼거리는 노래를 필자가 '장가'라고 표현한 것임.

(2)

10월 단풍이 푸른 파도에 비치고

배를 타고 구곡을 지나며 사공의 노래를 듣네

무이산의 산과 물은 풍광이 좋아

소객은 해마다 왕복이 많구나

71. 己卯元朝, 白頭金剛兩大靈山,
    出於電視器, 痛恨民族分斷半百年,
    作一絕

　　白頭氣像莊嚴容

　　皆骨雪山銀色濃

　　南北兩分年五十

　　何時一統往來逢

개골(皆骨) : 겨울의 금강산을 개골산이라 함.

기묘년(1999) 설날 아침에 백두·금강 두
영산이 텔레비전에 나왔는데, 민족분단
반백년을 통한하여 절구 한 수를 짓다

백두산의 기상은 그 모습 장엄하고

금강의 설산은 은빛이 짙네

남북이 분단된 지 오십 년인데

어느 때 통일되어 왕래하며 만날꼬

72. 高陽雅會

一九九九年五月二十一日

長日黃鸝喚友聲
諸賢來會自京城
高陽五月風光好
記得酒徒千古情

황리(黃鸝) : 꾀꼬리.

주도(酒徒) : 술을 좋아하는 사람이란 뜻이다. 『사기(史記)』 「역생・육가전(酈生陸
賈列傳)」에 "나는 고양의 주도이다(吾高陽酒徒也)"라는 말이 있는데, 백탑시
사(白塔詩社)의 오늘 시회가 고양시(高陽市)의 어느 술맛 좋은 음식점에서 열
렸기 때문에 '고양(高陽)'과 '주도(酒徒)'를 시구에 사용했다.

고양에서 모여 시를 읊다

긴 날 꾀꼬리 벗을 부르는 소리에
제현들이 서울에서 와서 모였네
고양의 5월은 풍광이 좋으며
주도천고의 정감을 기억하게 되네

73. 挽鄭允炯教授

一曲輓歌難塞悲

吾儕徵逐幾多時

鹿原今日重泉隔

經濟正論開拓誰

정윤형(鄭允炯): 아호(雅號)는 녹원(鹿原). 제주(濟州) 출생. 경제학자(經濟學者).
　　전 홍익대학교 교수.

만가(輓歌): 상여를 메고 갈 때 부르는 노래. 장송곡(葬送曲).

징축(徵逐): 사람을 초대하거나 찾아감.

중천(重泉): 저승.

정윤형 교수를 애도하며

한 곡의 만가로는 슬픔을 막기 어려우니
우리가 서로 부르고 찾아봄이 얼마나 많았던가
녹원 오늘 중천에 가니
경제의 바른 이론 누가 개척할꼬

74. 挽青溟先生

二千年一月二十五日

聽流軒外水聲長

追慕先生涕自滂

志在育英捐物貨

身緣憂國棄榮光

圖書萬卷藏書室

弟子千人滿講堂

春日淒淒啼杜宇

芝屯後學至今傷

청명(靑溟) : 사학자이며 전 성균관대학교 교수인 임창순(任昌淳, 1914~1999) 선
　　생의 호.
청류헌(聽流軒) : 지곡서당(芝谷書堂)의 당호(堂號).
두우(杜宇) : 두견새.
지둔(芝屯) : 지곡서당이 있는 마을 이름.

청명선생을 추모하며

청류헌 밖에는 물소리가 길고
선생을 추모하니 눈물이 절로 난다
뜻은 육영에 있어 재물을 희사하고
몸은 나라를 근심하여 영광을 버렸네
도서 만 권은 서실에 간직되고
제자 천 인은 강당에 가득 찼네
봄날 쓸쓸히 두견새는 울어대고
지둔 학당 후학들은 지금까지 슬퍼하네

75. 江左雄府

二千年四月一日

密州嶺南樓上, 有揭江左雄府之板

華岳山高凝水淸
黃砂淨盡晚風輕
密州雄府眞如畵
十里長松今古情

강좌웅부(江左雄府) : 밀양도호부를 가리킴.
응수(凝水) : 밀양 영남루 앞을 흐르는 응천강(凝川江).

강좌웅부

밀주의 영남루에 '강좌웅부'의 현판이 걸려 있다.

화악산은 높고 응수는 맑으며

황사는 깨끗이 없어지고 늦바람이 가볍네

밀주의 웅부는 참으로 그림 같으니

십 리의 장송은 고금의 정이로다

76. 歐洲紀行

一. 觀倫敦市街

二千年五月十三日, 晚到倫敦, 宿羅素樓飯店, 其翌日周覽 倫敦市街.

倫敦朝夕霧雰生

太晤士江迤岸平

近代市街華且麗

往來人客表情明

나소루반점(羅素樓飯店) : 러셀 호텔.

윤돈(倫敦) : 런던.

무뮨(霧雰) : 안개.

태오사강(太晤士江) : 템스강.

유럽 기행

1. 런던 시가를 보다

　2000년 5월 13일, 늦게 런던에 도착하여 러셀 호텔에 투숙하고
그 이튿날 런던 시가를 두루 구경하다.

런던은 아침저녁으로 안개가 자욱하고

템스의 강물은 언덕 따라 잔잔히 흐르네

근대에 형성된 시가로 화려도 한데

오가는 사람들의 얼굴엔 표정도 밝다

二. 到巴里 十五日

凱旋門外暮煙生
百萬人家樂太平
革命啓蒙先導地
尚今誇道倡文明

과도(誇道) : 자랑하여 말하다.

2. 파리에 도착하여

개선문 밖에는 저녁연기 모락모락

백만 인가는 태평을 즐기누나

이곳은 혁명과 계몽의 선도지

지금도 그들은 문명을 창도했다 자랑하네

三. 羅馬 二十日

羅馬王朝壓衆生
豪奢貴族破和平
興亡有數今如古
天道循環理自明

라마(羅馬) : 로마.
천도(天道) : 천지자연의 도리.

3. 로마

로마 왕조는 민중을 핍박하였고
호사한 귀족들은 화평을 깨뜨렸네
흥망이 수가 있음은 지금도 옛과 같으니
천도가 순환함은 자명한 이치로다

四. 遊拿布里港 二十一日

往歲停行客恨生
今來遊賞此心平
地中海岸風光好
綠樹紅花夕照明

나포리(拿布里) : 나폴리.
유상(遊賞) : 노닐며 구경함.

4. 나폴리항에 노닐다

왕년에 와보지 못한 것이 한이었는데
지금 와 구경하니 이내 마음 편쿠나
지중해안은 풍광이 좋을시고
푸른 나무 붉은 꽃에 지는 해가 밝네

77. 金剛紀行

一. 遊金剛山 二千年五月三十一日

巖根處處白雲生

上有八潭深復平

信宿金剛身化羽

山靑水綠我心明

암근(巖根) : 암석(巖石)의 뿌리. 바위 뿌리.

화우(化羽) : 우화(羽化)와 뜻이 같음. 우화등선(羽化登仙)의 준말.

신숙(信宿) : 이틀 묵는 것.

금강 기행

1. 금강산에 노닐다

바위 뿌리 여기저기 흰 구름 생겨나고
정상의 팔담에는 물이 깊고도 잔잔하네
이틀을 금강에 묵으니 신선이 되는 듯
산 푸르고 물 푸르니 내 마음도 밝다

二. 三日浦 六月一日

雲收三浦碧光生
海上風恬浪面平
昔日四仙何處在
樓臺亭榭夕陽明

삼일포(三日浦) : 강원도 고성군 해금강에 있는 호수. 관동팔경의 하나이며 호안
  (湖岸)에 기암괴석과 요초(瑤草)가 많아 경승지(景勝地)로 유명하다. 신라 때
  네 국선(國仙)이 호수에서 뱃놀이를 하면서 그 절경에 취해 사흘이나 돌아갈
  것을 잊었다 하여 이름한 것이라 한다.
풍념(風恬) : 바람이 고요한 것.
사선(四仙) : 신라 때의 네 국선 영랑(永郞) · 술랑(述郞) · 남석랑(南石郞) · 안상랑
  (安祥郞)이다.
정사(亭榭) : 정자(亭子).

2. 삼일포

삼일포에 구름 걷히니 사방이 푸른빛인데
바다에 바람이 고요하니 물결이 잔잔하다
옛날의 사선은 지금 어디에 있는고?
누대와 정자에는 석양이 밝구나

三. 謹次省軒先生三日浦韻

入海金剛胸抱開
浦中孤島有亭臺
四仙今日無消息
南北遊人徒往來

성헌(省軒) : 이병희(李炳熹, 1859~1936) 선생의 호. 경남 밀양 퇴로리(退老里) 출
생이며 평생을 임하(林下)에서 학문 연구와 수양으로 일관하였다. 저서로 『성
헌집(省軒集)』과 『조선사강목(朝鮮史綱目)』이 있다.

3. 삼가 성헌선생 삼일포운에 차운하다

해금강에 들어옴에 가슴이 벅차노니
삼일포의 고도에는 정대가 그대로 있네
사선은 오늘날 아무 소식이 없고
남북의 유객만이 오가는구나

78. 中國東北地方紀行

一. 登白頭山 二千年八月二日

二千年七月三十一日至八月一日兩日間, 於中國延邊大學, 開催韓中漢文學大會, 其終了後翌日, 直馳作白頭山行.

萬丈靈峰繞霧煙

茫茫樹海掩山川

我邦一統何時得

瑞氣玲瓏接遠天

수해(樹海) : 울창한 나무숲을 내려다보니 바다같이 보인다는 것을 표현한 말.

중국 동북지방 기행

1. 백두산에 오르다

　　2000년 7월 31일에서 8월 1일까지 양일간 중국 연변대학에서 한중한문학대회를 개최하고 그것이 끝난 뒤 다음 날 바로 달려 백두산으로 갔다.

높디높은 영봉 운무에 싸여 있고

울창한 나무숲 망망대해 같네

내 나라 통일은 언제나 되려는가

영롱한 서기 하늘에 닿아 있네

二. 觀高句麗國內城 八月四日

古城殘跡夕陽煙
滾滾鴨流依舊川
昔日英雄何處在
憮然一醉坐江天

압류(鴨流) : 압록강.
무연(憮然) : 크게 낙심함.

2. 고구려 국내성을 보다

성벽의 남은 자취 석양에 비치고
넘실넘실 압록강은 옛 그대로네
지난날 영웅들은 어디에 있는고
무연히 술에 취해 먼 하늘 바라본다

三. 好太王碑 八月五日

丸都嘉樹起淸煙
朝日瞳瞳射鴨川
此是昔年句麗土
太王銘碣聳中天

환도(丸都): 환도성(丸都城)을 말함. 고구려 산상왕 13년(209)에 국내성으로부터
　　옮겨와 장수왕 15년(427)에 평양으로 옮겨가기까지의 고구려의 왕도(王都).
동동(瞳瞳): 해 돋는 모양. 해 뜨는 모양.
명갈(銘碣): 묘갈(墓碣)이 있는 비석.

3. 호태왕비

환도성 나무들엔 맑은 기운 일고
아침해는 반짝반짝 압록강을 비추네
여기가 그 옛날 고구려 땅
호태왕의 큰 비각 중천에 솟아 있네

四. 遊瀋陽北陵公園 八月七日

北陵公園, 在瀋陽市街之北, 有清太宗陵.

萬綠方濃帶午煙

苑中處處設湖川

國亡人去園猶在

宮闕輝煌八月天

휘황(輝煌) : 휘황찬란의 준말. 광채가 빛나서 눈이 부시게 번쩍이다.

4. 심양의 북릉공원에 놀다.

북릉공원은 심양시의 북쪽에 있는데, 그곳에 청(淸)나라 태종의
능이 있다.

녹음이 무르익은 대낮이라

동산의 여기저기엔 호수도 많다

나라 망하고 사람 갔는데도

궁궐은 그래도 8월 하늘에 휘황하네

79. 地中海沿岸紀行

一. 馬德里路上 二千一年二月一日

滿山花木吐芳香

海國太陽別有光

橄欖樹林塡廣野

生民天惠潤京鄉

마덕리(馬德里) : 스페인의 수도 마드리드
해국(海國) : 스페인을 가리킴.
감람(橄欖) : 올리브

지중해 연안 기행

1. 마드리드 노상에서

온 산 가득히 꽃향기 토하고
해국의 태양볕은 유별도 하다
올리브 나무들이 광야를 메웠으니
생민은 자연의 혜택에 경향이 윤택하네

二. 觀雅典 二月四日

路邊柚樹發濃香
雅典衛城太古光
巨大造形今好在
市街全域似神鄕

아전(雅典) : 그리스의 수도 아테네.
유수(柚樹) : 유자나무.
위성(衛城) : 아테네의 아크로폴리스

2. 아테네를 보다

노변의 유자나무 향기가 짙고
아테네의 아크로폴리스는 태고의 빛이구나
거대한 조형들은 지금도 좋을시고
시가는 온통 신들의 고향 같네

三. 到伊斯坦布爾 二月六日

金剛湖畔海風香
到處遺痕古色光
昔日英雄都不見
數多寺院作仙鄉

이사탄포이(伊斯坦布爾) : 터키 최대의 도시 이스탄불.

금강호반(金剛湖畔) : 이스탄불의 신·구시가지 사이에 한 호수가 있는데, 그 국
    민들은 이것을 금강호수라 하였다. 그 호반을 가리켜 일컬은 말.

도(都) : 모두.

3. 이스탄불에 도착하여

금강호반에는 바닷바람 불어오고
도처의 유적에는 고색이 찬연하다
지난날 영웅들은 어디에도 안 보이나
수많은 모스크로 선향을 이루었네

四. 開羅 二月八日

市街風物古殘香
椰子棕櫚南國光
那逸江流來滾滾
文明此岸發祥鄉

개라(開羅) : 이집트의 수도 카이로
야자종려(椰子棕櫚) : 야자수와 종려나무.
나일강(那逸江) : 나일강.

4. 카이로

시가의 풍물들은 옛 향기 남아 있고
야자와 종려나무 남국의 풍광일세
넘실넘실 흐르는 나일강
여기가 문명의 발상지라네

80. 訪退老

二千一年四月八日

詠歸橋下水聲聞

華嶽山頭飛片雲

東墅西皐今尚好

門楣華刻總奇文

　　詠歸橋, 恒齋公所命名之橋也. 東墅, 庸齋公之別墅, 西皐, 恒齋公
之別墅也.

퇴로(退老) : 마을 이름. 경남 밀양 부북면 퇴로리.

문미(門楣) : 문틈 위에 가로대는 인방.

화각(華刻) : 화려하게 새겨져 있는 편액.

항재(恒齋) : 이익구(李翊九, 1838~1912)의 호. 항재공은 성재(性齋) 허전(許傳)의
　　문인으로 일찍부터 경사(經史)에 통달하고 문학에도 능하였다. 저서로『항재
　　집(恒齋集)』,『독사차기(讀史箚記)』가 있다.

용재(庸齋) : 이명구(李命九, 1852~1925)의 호. 항재공의 계제(季弟)로 삼은정(三
　　隱亭)을 별서로 하였는데, 삼은(三隱)은 어은(漁隱)·초은(樵隱)·주은(酒隱)
　　세 가지다.

퇴로를 방문하다

영귀교 아래엔 물소리가 들리고

화악산 머리엔 조각구름이 날리네

동서와 서고는 지금도 오히려 좋으니

문미에 새겨진 화려한 편액은 모두가 기문이다

영귀교는 항재공이 명명한 다리이다. 동서는 용재공의 별서이
며 서고는 항재공의 별서이다.

81. 祈南北統一

二千一年六月二十七日

南北山河春又回
戰氛疆土氣蕭衰
何時傳聽佳消息
漢水千年滾滾來

전분(戰氛) : 전쟁의 재앙(災殃).
소쇠(蕭衰) : 기운이 쇠잔함.

남북통일을 기원하며

남북의 산하에는 봄이 또 오는데
전쟁 겪은 강토라서 기운이 쇠잔하네
어느 때 좋은 소식 전해 들을꼬
한강 물은 천 년을 곤곤히 흐른다

82. 遊伽倻山海印寺

山途黃鳥隔林啼

雨後奔流溢石溪

人語難分今似古

萬邦遊客自東西

崔孤雲伽倻山讀書堂詩, 有「人語難分咫尺間」句.

황조(黃鳥) : 꾀꼬리.

분류(奔流) : 내달리듯 빠르고 힘차게 흐름.

최고운(崔孤雲) : 고운(孤雲) 최치원(崔致遠, 857~?)을 가리킨다.

가야산 해인사에서 놀다

산길의 꾀꼬리는 숲 사이에서 울고

비 온 뒤의 세찬 물은 돌 계곡을 넘쳐 흐르네

사람의 말을 알아듣기 어려움은 지금도 옛과 같고

만방의 유객들은 동서에서 오고 있네

최고운의 「가야산독서당」 시에 "사람의 말을 지척 사이에서도
알아듣기 어렵다"는 구절이 있다.

83. 電視器中, 觀美軍砲擊阿富汗
二千一年十二月二十七日

砲火彈烟驚世人

吁嗟强國破交鄰

今年又過紛爭裏

何日生民遠戰塵

아부간(阿富汗) : 아프간. 아프가니스탄.

포화탄연(砲火彈煙) : 포탄의 화염.

우차(吁嗟) : 아 하고 탄식함.

전진(戰塵) : 싸움터에서 이는 먼지나 티끌. 전투 생활의 비유.

텔레비전에서 미군이 아프간을 포격하는 것을 보고

전쟁의 포탄으로 세상 사람 놀라게 하니
탄식하노라, 강한 나라가 교린을 깨뜨리네
금년도 또 분쟁 속에 지나가니
어느 날 생민이 전진을 멀리할꼬

84. 越南紀行

一. 香江船遊 二千二年二月一日

香江舟泛作清遊
日耀雲開水自流
二月春光南國好
雙雙白鳥舞山頭

香江, 在越南順化古都之大江

청유(淸遊): 속되지 않고 아름답게 노는 놀이.
순회(順化): 후에. 베트남 마지막 왕조의 수도였음.
향강(香江): 후웅강.

월남 기행

1. 후옹강에서의 뱃놀이

후옹강에 배 띄워 노니
구름은 활짝 열려 날은 빛나고 강물 절로 흐르네
2월의 봄빛은 남국의 정취
백조는 짝을 지어 산머리에 날고 있네

후옹강은 월남 후에의 옛 도읍에 있는 큰 강이다.

二. 太和殿

閑談越史古宮遊
到處遺痕儒化流
人去百年今寂寞
片文殘刻映欄頭

太和殿, 大越國阮氏王朝之正宮.

---

3. 태화전

월남 역사 논하며 고궁에 노니니
여기저기 유적엔 유교 문화 배어 있네
당시 사람 가고 없고 지금은 적막한데
그래도 남은 글과 조각은 난간을 비춰준다

태화전은 대월국 완씨왕조의 정궁이다.

三. 啓成殿 二月二日

去住無心雲自遊
啓成殿外日光流
國衰民瘼廟宮侈
後世怨望留塔頭

啓成殿, 大越國阮氏王朝末王之廟宮.

구쇠민막(國衰民瘼) : 나라는 쇠하고 인민은 병들다.

3. 계성전

구름은 아무 마음 없이 하늘에 떠다니고
계성전 밖에는 일광이 흐르고 있네
나라는 쇠하고 인민은 병들었는데 묘각만 화려하니
후세의 원망이 가시지 않으리

    계성전은 대월국 완씨왕조 마지막 왕의 묘궁이다.

四. 訪胡志明廟 二月三日

白社諸賢越國遊
南方春氣逐風流
胡翁偉業人皆敬
長日詣參迤路頭

호지명(胡志明) : 호치민(1890~1969). 사상가요 혁명가이며, 베트남에서는 국부(國
　　父)로 추앙하여 그의 묘당(廟堂)을 만들어서 유체(遺體)를 봉안하고 있다.
예참(詣參) : 나아가서 참배함.
이(迤) : 잇닿다.

4. 호치민 사당을 방문하고

백탑시사 벗들과 월남에 유람하니
남방의 봄기운이 바람 따라 다가오네
위대한 호치민의 혁명 사업 모두가 존경하여
해가 진 오늘도 참배객이 길에 잇닿았네

五. 遊下龍灣 二月四日

舟泛下龍做勝遊
霧中春色逐波流
千峰奇絶成佳境
造化神工展海頭

下龍灣, 越南南方屬廣寧省之灣, 千餘島嶼 景觀奇絶

조화신공(造化神工) : 조물주의 신비스러운 재주와 솜씨.

5. 하롱베이를 유람하다

하롱베이에 배 띄워서 노니

안개 속에 봄빛이 물결 따라 흐른다

수많은 기이한 봉우리들 모두가 절경이라

조화의 신공(神工)이 여기에 펼쳐 있네

　　하롱베이는 월남의 남쪽 지방인 광녕성에 속한 만인데, 천여 개의 도서가 이루는 경관이 절경이다.

85. 安眠島

二千二年六月十三日

古島安眠出俗塵
路邊花草夏如春
斜陽滿目風光好
十里蒼松誘客人

안면도(安眠島) : 충남 태안군 안면읍 승언리에 있는 섬. 태안해안국립공원에 편입
된 지역으로 자연경관이 수려하다.

안면도

옛 섬 안면도는 속세 티끌 벗어나 있고
노변의 화초들은 여름인데도 봄 같네
석양에 보니 시야 가득히 풍광이 좋고
십 리의 푸른 소나무 숲은 길손을 유혹한다

86. 贈開仁山房主人

千里馳來到美山

開仁軒榭隔人間

老松蒼壁閒雲過

鳴玉灘流淸且寒

개인산방 주인(開仁山房主人) : 개인산방은 강원도 인제군 상남면 미산리(美山里)
    기린협(麒麟峽) 가운데에 있으며 주인은 신남휴(申南休) 씨이다. 2002년 여름
    에 백탑시사(白塔詩社) 회원들이 이 산방에 초대받아 가서 하루를 묵었다.
헌사(軒榭) : 정자(亭子).
창벽(蒼壁) : 이끼 낀 절벽.
탄류(灘流) : 여울물.

개인산방 주인에게 주다

천 리를 달려와 미산에 도착하니
우뚝한 개인산방 인간세상 멀리했네
노송과 창벽엔 한가한 구름 지나가고
옥소리 내는 듯한 여울물은 맑고도 차구나

87. 登嶺南樓

二千二年九月

日落西天五色霞
凝川江岸暮煙家
感今懷古倚欄角
蕭瑟秋風吹野花

영남루(嶺南樓) : 경남 밀양시 내일동 응천(凝川) 강변의 절벽 위 경치 좋은 곳에
　　자리 잡고 있는 누각. 보물 147호로 지정되어 있으며, 진주 촉석루, 평양 부
　　벽루와 더불어 우리나라 3대 누각으로 꼽힌다.
난각(欄角) : 난간 모퉁이.
소슬(蕭瑟) : 쓸쓸한 모양.

영남루에 오르다

해 떨어지는 서쪽 하늘엔 오색의 노을이요
응천 강변에는 저녁연기 자욱한 집들이네
고금을 감회하며 난간에 기대고 있으니
쓸쓸한 가을바람이 들국화에 불어온다

88. 越松亭

三月二十一日

三月海邊遊客稀
滄溟雲外白鷗飛
追思叩角清風像
長日高樓頓忘歸

월송정(越松亭) : 월송정은 관동팔경의 하나로 평해(平海) 바닷가에 있는 정자다.
창명(滄溟) : 큰 바다. 여기서는 동해(東海)를 가리킴.
고각(叩角) : 소를 타고 소뿔을 두드리며 노니는 것.
돈(頓) : 문득.

월송정

3월의 해변엔 유객이 드물고

동해 저 구름 밖엔 백구가 나네

이곳에 노닐던 선생의 맑은 모습 추모하니

긴 날 고루에서 문득 돌아감을 잊었노라

89. 佛影溪谷

佛影深溪人跡稀

千尋蒼壁片雲飛

林間到處雪猶在

遠水平郊春已歸

癸未三月二十日, 與宗員七·八人, 朝發漢城。過榮州佛影溪谷, 到白巖溫泉一泊, 翌日馳至平海越松亭, 改揭吾先祖騎牛先生詩及節齋金公「白巖居士贊」之板, 歸路作上記之絶句二首.

불영계곡(佛影溪谷) : 경북 울진군 근남면 행곡리에서 서면 하원리 불영사(佛影寺)에 이르는 계곡인데, 아름다움이 뛰어나 유명한 관광명소가 되어 있다.

불영계곡

불영의 깊은 계곡 인적이 드물고,

천 길 푸른 절벽에는 조각구름이 날고 있네.

숲속 도처엔 아직 겨울 눈이 남아 있는데

강과 들에는 벌써 봄이 돌아왔네.

　　2003년 3월 20일 종원 7, 8인과 함께 아침에 서울을 출발하여 영주의 불영계곡을 지나 백암온천에 도착해서 하룻밤을 묵고 그 다음 날 평해 월송정에 가서 우리 선조 기우선생의 「월송정」 시와 절재 김공의 「백암거사찬(白巖居士贊)」의 현판을 바꾸어 달고 귀로에 위에 기록해놓은 절구 두 수를 지었다.

90. 嘆時局

二千三年七月八日

與野政爭國事難

何時和協得平安

蒼空夏日燕飛遠

漢水悠悠風尚寒

유유(悠悠) : 여기서는 아득한 모양. 끝이 없는 모양.

시국을 탄식하며

여야의 정쟁에 나랏일이 어려우니
어느 때 화합하여 편안해지겠는가
창공에는 여름날 제비가 멀리 날고
한수는 유유하며 바람이 오히려 차네

91. 秋夜偶吟

二千三年十月三日

寓居京邑幾星霜

年已七旬雙鬢蒼

卅載窮經無所就

寒齋蟋蟀夜聲長

경읍(京邑) : 서울을 말함.

성상(星霜) : 한 해 동안의 세월.

쌍빈(雙鬢) : 양쪽 귀밑머리.

삽재(卅載) : 삼십 년.

실솔(蟋蟀) : 귀뚜라미.

가을밤에 우연히 읊다

서울에 우거한 지 얼마나 오래되었는가
나이는 이미 일흔 살 귀밑머리 희어졌네
삼십 년 경전 연구는 아무 성과 없고
찬 서재엔 귀뚜라미 우는 소리만 길구나

92. 遊百潭寺追慕卍海翁

二千三年十二月十六日

祥雲瑞霧遶靑山

五色淸流瀉石間

志士卍翁何處在

松林但聽鳥關關

만옹(卍翁) : 만해(卍海) 한용운(韓龍雲, 1879~1944) 선생을 높인 말. 불교인 · 독립운동가. 선생은 백담사에 기거하며 『님의 침묵』, 『불교유신론(佛敎維新論)』 등 시와 저술을 많이 남겼다.
관관(關關) : 새가 우는 소리.

백담사에 노닐며 만해선생을 추모하다

상서로운 운무가 청산을 둘러싸고 있고
돌 틈에서는 오색의 맑은 물이 솟아나네
지사인 만해선생은 어디에 계시는고
송림에는 지저귀는 새소리만 들린다

93. 甲申元朝

二千四年一月一日

冽水江頭點點山

瞳瞳旭日出雲間

元朝多少好消息

也得城鄉門不關

史記循吏傳云, 子産爲相三年, 門不夜關.

열수(冽水) : 한수(漢水)를 일명 열수(冽水)라고도 함.

욱일(旭日) : 아침에 떠오르는 밝은 해.

원조(元朝) : 설날 아침.

문불관(門不關) : 문을 닫지 않는 것.

갑신년 설날 아침

열수의 강머리엔 접접으로 된 집이요

빛나는 아침 해는 구름 사이에서 나오네

설날 아침 소식이 퍽 좋으니

아마도 도성과 시골에 도둑이 없겠구나

　『사기』「순리전」에 "자산이 정승 되고 삼 년 동안 (백성들은)
밤에 문빗장을 걸어 잠그지 않았다"고 하였다.

94. 甲申觀善輔仁契會

二千四年四月四日

華岳雲山春色前
西皐高榭更蒼然
楣頭朱刻含香霧
階下寒潭繞瑞烟
後進琢磨新日日
先生風韻耀年年
清明佳節唱酬樂
白鳥閒飛過洛川

서고고사(西皐高榭) : 항재공(恒齋公)의 강학처인 서고정사(西皐精舍)를 가리킴.
탁마(琢磨) : 옥석(玉石)을 쪼고 갊. 학문이나 덕행을 갈닦음.
풍운(風韻) : 풍류와 운치.
청명(淸明) : 여기서는 24절기의 하나. 춘분(春分)과 곡우(穀雨) 사이로 양력 4월
　　5, 6일에 해당.
창수(唱酬) : 시를 지어 서로 주고받고 함.

갑신년 관선 · 보인계회

화악 구름 산의 봄빛 앞에

서고의 높은 정자 더욱 창연하네

미두에 붉게 새겨놓은 편액은 향기롭고

섬돌 아래의 찬 연못은 상서로운 기운이 자욱하네

후진들은 갈닦아서 나날이 새롭고

선생은 풍운이 해가 갈수록 빛난다

청명의 아름다운 계절에 창수하며 즐기니

백조는 한가히 날아 낙동강을 지나가네

95. 秋日

二千四年十月二十八日

平郊萬頃午烟收

遠水長天一色秋

五穀豐登時節好

如何政局使民愁

평교(平郊) : 시외에 펼쳐진 넓은 들. 들 밖.

오연(午烟) : 낮 안개.

풍등(豐登) : 농사를 지은 것이 아주 잘됨.

가을날

만경의 넓은 들엔 안개가 걷히고
먼 물과 긴 하늘은 한 색의 가을이네
오곡이 풍등하여 시절이 좋은데
어찌하여 정국은 민생을 근심하게 하나

96. 夏日, 譯茶山之論語古今註
而乍倦有作

二千五年六月三日

日暮江天夕陽紅

落霞孤鶩杳茫中

寒齋譯業何時了

窓外長松五月風

『논어고금주(論語古今註)』: 다산(茶山)은 『논어』에 대한 고주(古注)와 신주(新注)
를 수집 평가하면서 자신의 창의적인 논어 해석을 내놓았다. 전(全) 40권으로
다산의 강진(康津) 유배 중의 저술이다.

여름날 다산의 『논어고금주』를
번역하다가 잠깐 쉬는 사이에 짓다

날이 저물어 강천에는 석조가 붉고
떨어지는 노을과 외로운 따오기가 함께 아득히 보이네
찬 서재에서 하는 이 번역이 언제 끝날꼬
창밖의 장송에는 5월의 바람이네

97. 石農七十七歲詩集出版之筵 以詩爲頌

二千五年六月十一日

石翁華席醉顔紅

蘭玉盈庭多福中

是日又刊詩一冊

藻思兼備古今風

석농(石農) : 이운성(李雲成)의 아호(雅號). 경남 밀양 출생. 시인. (주)우성아이비
　　명예회장. 저서로『석화(石花)』,『세한의 소나무』(한글시집),『만세여정집(晚
　　歲餘情集)(한시집)』,『터키에서 만난 동서문명』등이 있다.

조사(藻思) : 시와 문장을 잘 짓는 재주.

석농 77세 시집 출판 자리에 시로써 송축하며

석옹의 꽃다운 자리 취한 얼굴이 붉고
다복하게도 난옥 같은 자제들이 뜰에 가득하네
이날 또 시집 한 책 간행하니
조사는 고금의 풍을 겸비하였도다

98. 電視器中, 見光復六十周年 紀念行事, 有感而作

二千五年八月十五日

每年八月感懷多

今夜市街光復歌

何日我邦成一統

歡呼大衆作人波

작인파(作人波) : 인파를 이루다.

텔레비전에서 광복 60주년 기념행사를
보고 느낌이 있어 짓다

해마다 8월엔 감회가 많고

오늘 밤 시가에는 광복의 노래이네

어느 날 내 나라가 통일이 되어

환호하는 대중들이 인파를 이룰꼬

99. 訪屛山書院

二千五年十一月九日

屛山繚繞一江開

樓上高吟興溢杯

先正遺香隨處滿

年年佳客益多來

선정(先正) : 조선시대 쓰던 말로 선현(先賢)을 일컫는다. 선정(先正)은 대개 그 규모가 한정되어 있다.

유향(遺香) : 끼친 향기.

병산서원

병풍처럼 산으로 둘러싸인 곳에 한 강이 열려 있고
누정에서 시를 읊으니 흥이 잔에 넘치네
선정이 끼친 향기 여기저기 가득 차고
해마다 가객들이 더욱 많이 오고 있네

100. 遊江華, 憶丙寅洋擾時,
我國寶典之被掠奪, 志憾一絶

二千六年七月一日

修交已過百年間

千古寶書今未還

海鳥無心飛浦口

白雲何意入摩山

보전(寶典) : 귀중한 전적(典籍).

마산(摩山) : 강화도 마니산(摩尼山)을 말함.

강화에 놀면서 병인양요 때 우리나라
보전이 약탈된 것을 기억하며 그 한 됨을
시 한 수로 적는다

수교가 이미 백 년이 지났는데
천고의 보전이 지금도 아직 돌아오지 않고 있네
바닷새는 아무 마음 없이 포구에 날고 있고
흰 구름은 무슨 생각에 마니산에 들어가는고

101. 舍人堂里故基新築宗宅, 志喜

二千六年七月二十二日

舊里龍城曉霧平

重修古屋有人聲

吾門入密半千載

春雨亭明霖雨晴

사인당리(舍人堂里) : 경남 밀양시 용평(龍平)에 있는 여주이씨(驪州李氏) 밀양 입
　향시거지(入鄉始居地)이다.

춘우정(春雨亭) : 여주이씨(驪州李氏) 밀양 입향시거지인 용성(龍城)마을 사인당리
　고가(古家) 안에 있는 정자.

사인당리 옛터에 종택을 신축하매
그 기쁨을 기록하다

옛 마을 용성에는 새벽 안개 자욱한데
중수한 고옥엔 사람 사는 소리 나네
우리 이문(李門) 밀양 온 지 이미 반천년
춘우정이 밝으니 장맛비도 개네

102. 與木曜同志諸賢,
遊江華古都, 休憩於照丹茶室,
眺望落照潮水而作

二千六年十月十日

海潮坐望客懷新
十月江都暖似春
白鳥雙飛來復往
居然落照促歸人

목요동지(木曜同志) : 매주 목요일 벽사(碧史) 이우성(李佑成) 선생을 중심으로 7,
8명이 만나서 점심을 함께하며 학술과 담론을 교환하는 목요회(木曜會)의 동
지들.

조단(照丹) : 강화도 화도면 장화리(長花里) 해변에 있는 서해낙조(西海落照)의 경
관으로 이름난 곳.

강도(江都) : 강화도의 다른 이름.

목요동지 제현들과 강화고도에 놀러 가
조단다실에서 쉬며 낙조의 조수를
바라보면서 짓다

해조를 앉아서 바라봄에 나그네의 회포가 새롭고

10월의 강도(江都)는 봄처럼 따뜻하네

백조는 쌍쌍이 날아 왔다 갔다 하는데

어느덧 낙조는 돌아갈 사람을 재촉한다

103. 哭三亭 朴登苗

杜鵑啼血落霞東

佳谷北川蕭瑟風

此日思君心更慟

輓歌一曲夕陽中

낙하(落霞) : 118쪽 각주 참고

가곡(佳谷) : 마을 이름. 경남 밀양시 상동면 가곡리(佳谷里).

삼정박등줄을 곡하며

두견새가 낙하산 동쪽에서 피를 토하며 울고
가곡의 북쪽 개울에선 쓸쓸한 바람이 불어오네
이날 그대를 생각함에 마음이 더욱 아프고
석양 속에 장송곡이 슬피 퍼지네

104. 偶吟

二千七年六月五日

卅年穿鑿更多疑

老學餘生將問誰

今日寒齋文字裏

溫知聖訓是吾師

삽년(卅年) : 삼십 년.

천착(穿鑿) : 어떤 학문이나 원인 등을 깊게 파헤쳐 알려고 하거나 연구함.

온지(溫知) : 온고지신(溫故知新)을 말함.

우연히 읊다

삼십 년 천착하였어도 더욱 의심이 많은데
노학의 여생을 누구에게 물어볼꼬
오늘 찬 서재에서 본 문자 속에
온고지신이란 성인의 가르침이 바로 나의 스승이다

105. 哭古邨 李雲九

二千七年六月十五日

古邨仙去夢猶疑

呼哭不歸吾與誰

六月牟山啼杜宇

墨家後進慟懷師

고촌(古邨) : 이운구(李雲九. 1934~2007) 전 성균관대학교 교수의 아호. 중국 철학 전공자로 특히 묵자(墨子)에 대한 조예가 깊었다.

선거(仙去) : 신선이 되어서 간다는 말인데, 죽음을 뜻함.

모산(牟山) : 대모산(大牟山). 서울 강남구 대치동(大峙洞) 남쪽에 위치한 산 이름.

고촌이윤구을 곡하다

　고촌의 선거는 꿈에도 의심스러우며

　부르고 곡하여도 돌아오지 않으니 나는 누구와 놀겠

는가

　6월의 대모산엔 두견새가 울고

　묵가의 후진들은 통곡하며 스승을 그리워하네

106. 春日遊龍仁郊外樹木園

二千八年四月十日

花開鳥哢正殷春

百里驅馳伴友人

四月風光何處比

欣欣草木遠紅塵

조롱(鳥哢) : 새가 울다.

은춘(殷春) : 성대한 봄.

구치(驅馳) : 차를 몰고 달림.

흔흔(欣欣) : 초목의 싱싱한 모양. 도잠(陶潛)의 「귀거래사(歸去來辭)」에 '목흔흔이
  향영(木欣欣以向榮)'이란 구절이 있다.

봄날 용인 교외 수목원에서 놀다

꽃 피고 새 우는 이 성대한 봄에
벗들을 동반하여 백 리를 달려왔네
4월의 풍광이 이보다 좋은 곳이 있겠는가
싱싱한 초목들이 홍진을 멀리하였네

107. 春雨亭

二千九年二月十五日

舍人堂里古家亭
春雨霏霏悅我情
階下閑庭花木盛
後園禽語管絃聲

춘우정(春雨亭) : 302쪽 각주 참고

춘우정

사인당리 옛집 정자에

봄비가 보슬보슬 내 심정을 기쁘게 하네

섬돌 아래 한가한 뜰에는 화목이 성하고

뒷동산에 지저귀는 새 소리는 관현악의 소리일레라

108. 越松亭

二千九年二月二十六日

越松亭, 文節公騎牛子先生, 每月夜騎牛遊賞晦跡之處也 吾昔日
遊此名所, 而今日憶其舊遊作之

登臨高閣越松亭

却想先生昔日情

白鳥無心來復往

茫茫滄海只波聲

문절공(文節公) : 필자의 19대조 기우자(騎牛子) 이행(李行, 1352~1432) 선생의
시호. 선생은 약관(弱冠)의 나이에 문과에 급제하여 여러 관직을 역임한 후
고려 말에는 대제학(大提學)을 거쳐 이조판서(吏曹判書)에 이르렀다. 왕조(王
朝)가 바뀐 조선조에 와서도 여러 차례 고위 관직을 내렸으나 사양하고 고려
유신으로서 불사이군(不事二君)의 절의를 지켰다. 선생의 기우자라는 호는 외
가향(外家鄕)인 평해(平海)에 가서 집을 정해 살 때 나라실(飛良谷, 일명 우수
골[牛叟谷])과 월송정 사이를 소를 타고 왕래하며 소요자적한 데에 그 연원
이 있는 것이다. 그래서 선생의 친구인 양촌(陽村) 권근(權近)이 「기우설(騎牛
說)」을 지었다.
각(却) : 문득.
창해(滄海) : 대해(大海). 여기서는 동해를 가리킴.

월송정

월송정은 문절공 기우자 선생이 매양 달밤이면 소를 타고 유상 (遊賞)하며 자취를 감추었던 곳이다. 내가 오래전에 이 명승지를 유람하였는데, 오늘 그 지난날 노닐던 것을 추억하여 이 시를 짓는다.

높은 누각 월송정에 오르니

문득 선생의 옛 정감을 상상하게 된다

백조는 아무 마음 없이 왔다 갔다 하고

망망한 대해는 다만 파도 소리뿐일레라

109. 訪茶山先生舊居

二千九年四月十七日

陵內江村三月花
苕川流水日光斜
先生經學深而遠
‘致用’眞詮自一家

능내(陵內) : 마을 이름. 경기도 남양주시 조안면에 속한다.

소천(苕川) : 능내리 앞을 흐르는 강.

치용(致用) : 실용(實用)에 이바지하는 것. 다산(茶山)의 학문은 세상을 경영하여
　　실용에 이바지한다는 ‘경세치용(經世致用)’을 대전제(大前提)로 하고 있다.

다산선생 옛집을 방문하다

능내의 강촌에는 3월의 꽃이요
소천의 유수는 햇볕이 비껴 있네
선생의 경학은 깊고도 원대하니
'치용'의 진리는 스스로 일가를 이루었다

110. 思鄉偶書

二千九年八月二十六日

少別鄉家老未回

塵埃世俗鬢霜衰

昨非今是陶翁覺

稱託田蕪歸去來

빈상쇠(鬢霜衰) : 귀밑머리가 서리처럼 하얗게 세다.

작비금시(昨非今是) : 어제는 그르고 오늘이 옳다. 도잠(陶潛)의 「귀거래사」에 나
오는 말.

전무(田蕪) : 전원이 황무(荒蕪)해지다. 도잠의 「귀거래사」에 나오는 말.

고향이 그리워서 우연히 쓰다

젊어서 고향 떠나 늙어서도 아직 돌아오지 못하고
티끌 세속에 귀밑머리만 하얗게 세었네
어제는 그르고 오늘이 옳다고 도연명은 깨달아
전원이 황무하다는 핑계로 고향에 돌아갔다

111. 懷鄕

凝水淸流春復冬

藥山山色翠重重

離鄕半百何時返

仙境丹丘入夢中

응수(凝水) : 응천강(凝川江). 220쪽 각주 참고

약산(藥山) : 재약산(載藥山)의 준말. 경남 밀양시 단장면 구천리(九川里)에 있는
　　명찰(名刹) 표충사(表忠寺)의 배산(背山).

단구(丹丘) : 필자가 옛날 살았던 고향 마을 단정(丹亭)을 가리킴.

고향 생각

응천강의 맑은 물은 봄 겨울이 없고
재약산의 산색은 푸르고도 푸르네
고향 떠난 반백년 언제나 돌아갈까
선경의 단구마을 꿈속에 들어온다

112. 過光陵

二千十年四月二十六日

水色山光繪畫同

長林鬱鬱掩晴空

千秋斧鉞誰能貸

如此君王冀不逢

광릉(光陵) : 사적 제197호로 경기도 남양주시 진접읍 부평리에 있는 세조(世祖)
　　와 정희왕후 윤씨의 능(陵).
부월(斧鉞) : 작은 도끼와 큰 도끼인데, 여기서는 형륙(刑戮)을 말함. '천추부월(千
　　秋斧鉞)'은 형륙을 당한 천추의 원한을 말함.
대(貸) : 용서하다.

광릉을 지나다가

산수의 경치는 그림과 같고
긴 숲 울창하여 갠 창공을 가리우네
형륙당한 천추의 원한을 누가 용서할 수 있겠는가
이 같은 군주는 만나지 않기를 바라노라

113. 遊南楊州樹木園
二千十年四月二十六日

文酒親朋又此同
風塵世俗萬憂空
清遊莫恨西山日
木曜良辰更與逢

목요양신(木曜良辰) : 목요일 좋은 날. 304쪽 각주 참고

남양주 수목원에서 놀다

글과 술로 사귄 친한 벗, 또 여기서 함께하니
풍진세속의 모든 근심이 없어지네
맑은 우리의 놀이에 서산에 해 지는 것을 한하지 말고
목요일 좋은 날 다시 서로 만나자꾸나

114. 獨坐書樓, 賞秋史書體
二千十年八月二十二日

案上披書對古人

炎天夏日冊香新

中東唯一秋翁體

字字生生筆有神

중동(中東) : 여기서는 중국과 한국을 가리킴.

추옹(秋翁) : 추사(秋史) 김정희(金正喜, 1786~1856). 문신 · 금석학자(金石學者) ·
　서화가(書畫家). 자(字)는 원춘(元春), 호(號)는 주로 완당(阮堂) · 추사(秋史)로
　많이 알려져 있다. 조선 후기 실학(實學)에서 추사는 실사구시파(實事求是派)
　로 분류된다.

홀로 서재에 앉아 추사의 글씨를
감상하다

책상 위에 책을 펴고 고인을 대하니

무더운 여름날에 책 향기가 새롭다

중국과 한국에 추사체는 유일하니

글씨마다 필력이 살아 움직이네

115. 初秋 二絶

二千十年九月八日

一.

江山一色帶秋光

窓下微風野菊香

獨坐披書閱今古

蕭條陋室得淸凉

소조(蕭條) : 쓸쓸함.
누실(陋室) : 누추한 방.

초가을

1.

강과 산은 한 색으로 가을빛을 띠고 있고
창문 아랜 미풍에 들국화의 향기이네
홀로 앉아 책을 펴 고금을 열람하니
쓸쓸했던 누추한 방 안이 밝고 서늘해지네

二.

支離霖後得晴光
風動南郊禾穗香
歲月如流秋又到
炎威退去已新凉

화수(禾穗) : 벼이삭.
염위(炎威) : 여름 무더위.
신량(新凉) : 초가을의 서늘한 기운.

2.

지리한 장마 끝에 날이 개니
바람 부는 남쪽 들엔 벼이삭의 향기이네
세월은 유수 같아 가을이 또 오니
무더위는 물러가고 날씨가 서늘해지는구나

116. 歲暮白塔雅會

二千十年十二月三十日

歲暮清遊又有情

親朋懷抱此中行

樽前莫想明朝事

興滿瓊筵和樂聲

酒店之名, 號曰有情.

막상(莫想) : 생각하지 말라.

경연(瓊筵) : 꽃다운 자리. 화려한 연회의 자리.

세모에 백탑시사 벗들이 모여서

세모에 맑은 놀이를 또 유정에서 하니
친한 벗들 회포가 이 가운데 있네
술두루미 앞에서 내일 아침 일을 생각지 말라
흥이 가득 찬 꽃다운 자리 즐겁기도 하다

주접의 이름을 유정(有情)이라 한다.

117. 辛卯元朝

二千十一年十日月一日

洌上東天朝日明

新年瑞氣滿春庭

何時我國成平統

三角山光萬古靑

열상(洌上) : 열수(洌水, 한강)의 상류를 가리킴.

신묘년 설날 아침

열수의 동쪽 하늘엔 아침 해가 밝고
새해의 서기는 봄뜰에 가득하네
어느 때 내 나라가 평화통일 이루겠나
삼각산의 산빛은 만고로 푸르다

118. 立春卽事

二千十一年二月四日

冬去春來大地明

和風習習至園庭

前宵甘雨傳花信

遠近山河一色靑

화풍(和風) : 여기서는 봄바람.

습습(習習) : 바람이 솔솔 부는 것을 형용한 말.

화신(花信) : 꽃 소식.

입춘에 부쳐

겨울 가고 봄이 와 대지가 밝으며
봄바람은 솔솔 정원에 불어오네
간밤의 단비는 꽃 소식을 전하고
원근의 산하는 푸른빛 일색일세

119. 辛卯觀善輔仁溫知契會

二千十一年四月三日

退里名村花木春
華山雲物更清新
多年闕席疎儒會
今日同參親友人
諸士風流暉紙筆
先賢遺訓浸衣巾
善仁觀輔溫知契
向後斯文實要津

운물(雲物) : 경치. 경물(景物).

유회(儒會) : 유가(儒家)의 계회(契會).

의건(衣巾) : 의복과 두건.

온지계(溫知契) : 온지계는 벽사(碧史) 이우성(李佑成) 선생으로부터 배움을 받은
제자와 후학들이 스승의 학문적 업적을 기리기 위해서 만든 모임이다. 성헌 ·
퇴수재 양 선생의 학덕을 후학들이 존모하는 예에 따라 벽사선생의 학문도
함께 숭상해야 한다는 취지에서 2007년 4월 3일부터 관선 · 보인 · 온지 세
계회가 함께 행사를 하게 된 것이다.

사문(斯文) : 이 학문, 이 도(道)라는 뜻인데, 유교와 그 문화를 일컫는 말.

신묘년 관선·보인·온지계회

퇴로의 명촌은 꽃나무의 봄이요

화산의 운물(雲物)은 더욱 맑고 새롭네

여러 해 궐석하여 유회에 나오지 못했는데

오늘 동참하여 벗들과 친하였네

제사의 풍류는 지필에 빛나고

선현의 유훈은 의건에 스며드네

관선·보인·온지계는

향후 사문에 실로 긴요한 나루가 되리라

120. 頌祝慕何八秩壽辰

二千十一年七月十三日

好是新晴華宴場

親朋詩酒祝无疆

慕翁德業爭稱頌

城北高樓日影長

모하(慕何) : 이헌조(李憲祖) 형의 아호. 경남 의령 출생. 서울대학교 문리과대학
　　철학과를 졸업하고 럭키금성사 사장, LG전자 대표이사 회장을 역임. 저서로
　　『이헌조경영담론집(李憲祖經營談論集)』·『커뮤니케이션의 유토피아』·『붉은
　　신호면 선다』 등이 있다.
덕업(德業) : 덕행과 사업.
성북고루(城北高樓) : 서울 성북구 성북동에 있는 삼청각(三淸閣)을 가리킴.

모하의 팔순 생신을 송축하며

좋은 이 갠 날 빛나는 잔치 자리에
친한 벗들이 시와 술로 만수무강 비네
모옹의 덕업을 서로 다투어 칭송하니
성북의 높은 누각에는 해 그림자가 길구나

121. 白塔詩社會吟

二千十一年八月二十五日

白社淸緣契誼深

樽前佳話起銷沈

唱酬可但相逢樂

論理論情每會心

계의(契誼) : 맺은 정의(情誼).

소침(銷沈) : 사그라지고 까라짐. 기운이 없어짐.

회심(會心) : 마음에 든다. 마음에 맞다.

백탑시사 벗들이 모여 읊다

백탑시사의 맑은 인연, 맺은 정의(情誼)가 깊고
슬두루미 앞 아름다운 이야기는 소침한 기분을 흥기시
키네
창수에는 다만 상봉의 즐거움뿐이겠는가
이(理)를 논하고 정을 논함이 매양 마음에 든다

122. 春日懷友

二千十二年二月二十日

古梅香氣滿園中

獨坐空齋寂寞翁

鳥哢花開春日好

慇懃詩酒欲相逢

조롱화개(鳥哢花開) : 새 울고 꽃 피다.

봄날 벗을 그리워하며

고매 향기는 뜰 안에 가득한데
홀로 빈 서재에 앉아 있으니 적막도 하네
꽃 피고 새 우는 좋은 봄날
은근히 시와 술로 서로 만나고 싶네

123. 憶雙溪寺舊遊

奇峰聳出白雲中

林下茅亭午睡翁

石澗淙淙人跡少

喃喃山鳥頡頏逢

모정(茅亭) : 짚이나 새 따위로 지붕을 이은 정자.

오수(午睡) : 낮잠.

종종(淙淙) : 물이 졸졸 흐르는 소리.

남남(喃喃) : 새 우는 소리.

힐항(頡頏) : 새가 날아 오르내리는 것.

지난날 쌍계사에 노닌 것을 추억하며

기이한 산봉우리 백운 속에 솟아 있고
임하의 모정에는 늙은이 낮잠을 자네
산골짜기 시냇물 졸졸, 인적은 드문데
지저귀는 산새는 서로 날아 오르내리며 만나네

124. 訪菁丁墓

二千十二年五月三十日

五月山川淸又凉
凄凄杜宇怨聲長
菁丁仙去幾年度
幽宅碑文輝夕陽

청정(菁丁) : 김진균(金晉均, 1937~2004)의 아호. 경남 진주 출생. 서울대학교 문
　　리과대학 사회학과를 졸업하고 1968년 이후 서울대학교 상과대학을 거쳐 사
　　회과학대학 교수로 재직하였다. 진보적 사회과학자로서, 저서로는 『비판과
　　변동의 사회학』, 『사회과학과 민족현실』, 『21세기 진보운동의 기획』 등 다수
　　가 있다.

처처(凄凄) : 찬 기운이 있고 쓸쓸함.

도(度) : 지나다.

유택(幽宅) : 죽은 사람의 집이란 뜻으로, 무덤을 일컫는 말.

청정의 묘를 찾아서

5월의 산천은 맑고도 서늘한데

쓸쓸히 우는 두견새는 원한의 소리 길구나

청정의 선거(仙去)가 몇 년이나 지났는가

유택에는 비문만이 석양에 비치네

125. 歲暮淸遊

二千十二年十二月二十七日

瑞雪紛紛好是冬
親朋一座笑相逢
佳肴美酒清遊裏
奄冉西山日掛松

엄염(奄冉) : 어느 사이인지도 모르는 동안에. 어느덧.

세모에 모여 노닐다

서설이 분분한 좋은 이 겨울에
친한 벗들 한자리에 웃으며 서로 만났다
아름다운 술과 안주로 즐겁게 노니는 속에
어느덧 서산에는 해가 소나무에 걸려 있네

126. 癸巳元朝

二千十三年 一月一日

案上寒梅吐暗香

東天瑞氣帶朝光

前宵魚夢年豊兆

好運遍傳京與鄉

魚夢年豊：茶山「陪家君同尋曹氏(曹翊鉉)溪亭」之詩云 '魚夢識年
豊'.

암향(暗香)：그윽한 향기.

호운(好運)：좋은 운세(運勢).

변전(遍傳)：두루 전함.

계사년 설날 아침

책상 위의 한매는 그윽한 향기를 토하고

동쪽 하늘에는 서기가 조광(朝光)을 띠고 있네

간밤의 물고기 꿈은 연풍(年豊)의 조집이니

좋은 운세가 경향에 두루 전해지리라

　　다산의 「부친을 모시고 조씨(進士 曺翊鉉을 가리킴)의 시냇가 정자를 방문하다」는 시에 이르기를 "물고기 꿈은 해가 풍년이 됨을 알겠다"고 하였다.

127. 哭勿號鄭昌烈教授

二千十三年一月二十一日

知否茶研蘭芷香

相交實是卅年光

嗟君仙去淚沾袂

慟望白雲天上鄉

물호(勿號) : 정창렬(鄭昌烈, 1937~2013)의 아호. 서울대학교 문리과대학 사학과를
　　졸업하고 1969년 이후 한양대학교 사학과 교수로 재직하였다. 저술로는 『갑
　　오농민전쟁』, 『민중의 성장과 실학』, 『민족문제와 역사인식』 등이 있다.

지부(知否) : 아는가 모르는가.

난지(蘭芷) : 난초와 지초. 난지(蘭芝)라 하지 않은 것은 사성(四聲)의 평측(平仄)
　　때문이다.

실시(實是) : 실사구시(實事求是)의 준말.

첨메(沾袂) : 소매를 적시다.

백운향(白雲鄉) : 천제(天帝)가 있는 곳인데. 하늘나라를 말함.

물호정창렬 교수를 곡하며

아는가 모르는가 다연회의 지란(芝蘭)의 향(香)을
서로 사귀어 실사구시한 것이 삼십 년의 세월이네
아, 그대 선거(仙去)함에 눈물이 소매를 적시니
애통해하며 천상의 백운향(白雲鄉)을 바라본다

128. 夏日偶吟

二千十三年六月二日

雨後靑山躑躅紅

綠陰芳草霧烟中

老夫何日身無恙

處處逍遙喫好風

녹음방초(綠陰芳草) : 나무가 푸르게 우거진 그늘과 꽃다운 풀이라는 뜻으로, 여름의 아름다운 경치를 말함.

노부(老夫) : 늙은 남자가 남에게 자기를 일컬음. 여기서는 필자를 가리킴.

무양(無恙) : 탈이 없다. 병이 없다.

끽호풍(喫好風) : 좋은 바람 쏘이다.

여름날 우연히 읊다

비 온 뒤 청산에는 철쭉이 붉고
뿌연 안개 속엔 녹음과 방초일레라
늙은 나는 어느 날 병이 없어
여기저기 소요하며 좋은 바람 쏘일꼬

129. 春日

二千十四年 四月二十四日

春深到處萬千花
雨後江邊草色多
詩酒親朋開宴席
飛觴醉月更如何

비상(飛觴) : 술잔을 날림. 술잔을 주고받음. 이백(李白)의 「춘야연도리원서(春夜宴桃李園序)」에 '비우상이취월(飛羽觴而醉月)'이란 구절이 있다.

봄날

봄이 깊어 도처에는 천만 가지 꽃이요

비 온 뒤 강변에는 풀잎이 많다

시와 술로 벗들과 잔치 자리 열어

술잔 날리며 달에 취하는 것이 또 어떠한가

130. 秋夜無寐吟一絶
二千十四年 十月十五日

蕭條秋夜冷風生

階下陰蟲切切鳴

獨酌空齋懷舊友

居然窓外月光橫

舊友, 茶山研究會同志, 如金敬泰鄭允炯金晉均鄭昌烈朴贊一諸氏。
今皆作他界人

소조(蕭條) : 쓸쓸함.

음충(陰蟲) : 귀뚜라미 따위와 같이 가을에 사는 벌레.

절절(切切) : 여기서는 벌레 우는 소리를 형언한 것인데, 뼈에 사무치게 간절하게
   우는 것을 말함.

가을밤 잠이 없어

쓸쓸한 가을 밤 찬바람이 생기고

섬돌 아래엔 벌레들이 절절히 울고 있네

홀로 빈 서재에서 잔질하며 옛 벗들을 그리워하니

어느덧 창밖에는 달빛이 비껴 있네

   옛 벗들은 다산연구회 동지로, 김경태·정윤형·김진균·정창
렬·박찬일과 같은 분들인데 지금은 모두 타계인이 되었다.

131. 寒齋讀書

二千十四年十二月二十日

居然節序至冬寒
歲暮京華風物閑
獨坐書齋聊好讀
遺經一句重於山

閑中讀『論語』, 至'吾黨之直者異於是, 父爲子隱, 子爲父隱, 直在其中矣'之句, 感歎而作一絶

절서(節序) : 절기의 차례.
경화(京華) : 서울을 말함.
유경(遺經) : 성현이 남긴 경전(經傳).
오당지직자이어시(吾黨之直者異於是) : '우리 무리의 정직한 자는 이와 다르다'고 한 것은 춘추시대 초(楚)나라 섭공(葉公)이 공자에게 "우리 무리에 정직한 자가 있는데, 그 아비가 양(羊)을 훔치자 그 자식이 그 훔친 것을 고발하였다"고 말했을 때 공자가 대답한 말이다. 이는 『논어』「자로(子路)」편에 실려 있다.

서재에서 글을 읽다

어느덧 절서는 동한에 이르렀고

세모의 서울은 풍물(風物)이 한가하네

홀로 서재에 앉아 애오라지 글 읽기를 좋아하니

성현이 남긴 경전의 한 구(句)는 산보다 무겁네

　　한가한 가운데 『논어』를 읽다가 (공자의) "우리 무리의 정직한
자는 이와 다르니, 아비는 자식을 위하여 숨겨주고 자식은 아비
를 위하여 숨겨주나니, 정직함은 그 가운데 있는 것이다"라는 구
(句)에 이르러 감탄하여 절구 한 수를 지었다.

『독여집(讀餘集)』의 발(跋)

이 책은 나의 재종숙인 죽부(竹夫) 이지형(李篪衡) 교수의 사화집(詞華集)이다. 널리 알려진 대로 죽부옹은 우리나라 한문학계에서 손꼽히는 경학(經學) 연구의 대가이다. 유학(儒學)의 경전과 그 관련 문헌을 정리 해제(解題)하여 후학들에게 연구의 길잡이로 삼게 한 것은 물론, 수십 년 동안 다산학(茶山學) 연구에 심혈을 기울여 마침내 그 학문적 성과를 크게 거두었다. 『다산경학연구』라는 논문집을 비롯하여 『목민심서(牧民心書)』(공역) 『맹자요의(孟子要義)』 『매씨서평(梅氏書平)』 『논어고금주(論語古今註)』 등 방대하고 정밀한 역주서의 발간과 '다산학술상'의 대상(大賞)을 받은 것은 그 주요한 실적이며 명실 공히 다산 경학 연구의 찬란한 금자탑이라 할 수 있다.

그러한 죽부옹이 이번에는 수십 년 동안 독서의 여가에 짬짬이 써온 근체시(近體詩) 수백 수 가운데서, 130여 수의 절구와 율시를 뽑아 『독여집(讀餘集)』이라는 한시선집을 냈다. 수록된 시는 대개 작자가 1985년 이래 '행시단(杏詩壇)'과 그 후신인 '백탑시사(白塔詩社)'에서 동인 활동을 통해 생산된 것이 주류를 이루고 있는데, 하나같이 풍운(風韻)을 절로 느끼게 하는 작품들이다. 한평생 경전에 몰입해온 죽부옹이 언제 이렇게 서정(抒情)의 아름다운 꽃을 피우는 데도 남다른 조예가 있었던가 싶을 정도로 놀라운 기량을 보여주고 있다.

우리 역사상 일대사문(一代斯文)의 영수로 후학들의 추앙을 받고 있는 점필재(佔畢齋)선생은 일찍이 "경술(經術)을 하는 선비는 문장(文章)에 열등하고 문장을 하는 선비는 경술에 어둡다."고 한 세인의 말에 대하여 그렇지 않다고 대답하면서 "문장은 경술에서 나오는 것이고 경술이 곧 문장의 뿌리이다."라고 주장했다. 그리고 그 둘의 상관관계를 초목의 생장에 비유했는데 "어찌 나무에 뿌리가 없이 가지와 잎이 뻗어나고 꽃과 열매가 무성할 수 있겠는가."라고 부연하였다. 그러므로 시서(詩書)와 육예(六藝) 등 선비들이 성리도덕 외에 배워야 할 기예(技藝)도 그 내용은 모두 경술에 뿌리를 두어야 하고 그것을 표현하는 것은 곧 문장이다."라고 풀이한 것이다. 또 시부(詩賦)는 문장 가운데서도 더욱 화려하게 꾸며 성정(性情)을 다스리고 풍류를 펴는 데 효용을 높여야 한다고도 강조하였다.

따라서 경학의 공부와 시문의 수련은 불가분하고 밀접한 관계라는 것을 체험으로 터득하여 후학들에게 일깨워준 셈이다. 때문에 죽부옹의 이 시집도 전적으로 점필재의 학문하는 정신과 가르침에 맞는 산물이며, 평생 경전을 손에서 놓지 않았던 죽부옹의 아름다운 꽃과 열매를 소중히 담아낸 것이다. 뿐만 아니라 경학의 공부가 깊고 진지하면 할수록 그 속에서 우러나는 내면적인 정서가 구름처럼 일어나, 마침내 포근한 봄비가 되어 사람들의 가슴을 촉촉이 적셔준다는 것도 깨우쳐 주고 있다.

참고 삼아 이 시집 말미에 실린 「서재에서 글을 읽다(寒齋讀書)」라는 제목의 칠언절구를 가만히 들여다보자. 죽부옹이 경전을 대하고 독서하는 의미가 확연히 드러난다. 튼실한 경학의 뿌리를 느끼면서 건강하게 시를 짓고 있다는 사실을 알려주는 작품이라고도 할 만하다.

어느덧 절서는 동한에 이르렀고
세모의 서울은 풍물(風物)이 한가하네
홀로 서재에 앉아 애오라지 글 읽기를 좋아하니
성현이 남긴 경전의 한 구(句)는 산보다 무겁네

居然節序至冬寒
歲暮京華風物閑
獨坐書齋聊好讀
遺經一句重於山

겨울을 맞는 한적한 서재에서 『논어』를 읽었는데 공자가 곧음(直)에
대한 섭공(葉公)의 물음에 답하기를 '우리들에게 곧은 것은 이와는 다
르다. 아비는 자식을 위해 숨기고 자식은 아비를 위해 숨기는, 그 가운
데에 곧음이 있다(吾黨之直者異於是 父爲子隱 子爲父隱 直在其中矣).'
라고 한 구절에 이르러 감탄함을 마지못해 절구 한 수를 지었다는 주
(註)를 곁들였다. '경전의 한 구절이 산보다 무겁다.'고 한 마지막 구절
의 이해를 돕기 위한 것이다. 내 기억으로는 이 시를 발표한 2014년 연
말 백탑시회 때, 당시 우리 사회에서 아비가 자식의 죄를 당국에 고발
하여 물의를 일으킨 사건이 있었다. 그 시비를 두고 주변에서 의견이
분분했는데 죽부옹은 경전의 이 구절을 자연스럽게 원용하였고, 그 시
를 본 좌장 벽사(碧史)선생은 성현의 은미한 뜻을 잘 반영시킨 기법이
라고 평가하던 일이 떠오른다.

　　나도 금년 연초에 같은 출판사에서 '창작한시선'이라는 시리즈로 한
시집을 낸 바가 있다. 죽부옹의 이 시집이 나온 뒤에 조심스럽게 다시
펼쳐보니 식은땀이 날 정도로 부끄러움을 금할 수 없다. 마치 정교하
게 다듬어 빛이 영롱한 주옥(珠玉)을 감상한 다음에, 너절하게 때 묻은

잡석을 대하고 있는 듯 멋쩍은 기분을 느낀다. 그만큼 죽부옹이 고상한 경전의 숨결을 불어넣어 이루어낸 사화집과는 그 격조(格調)와 품위가 다르다는 것을 의미한다. 그럼에도 옹께서 나에게 이 시집 말미에 발문을 붙이라고 하기에 몇 차례나 사양했지만 차마 그 뜻을 따르지 않을 수가 없었다. 다만 외람되고 두서없는 말로 인해 이 사화집에 흠결을 끼치지나 않을까 염려스러울 따름이다.

2015년 5월 20일
석농연실(石農研室)에서
이운성(李雲成) 삼가 씀

著者 竹夫 李篪衡

경남 밀양에서 태어나 성균관대학교 문리과대학을 졸업했다. 성균관대학교 교수와 사범대학장을 역임했으며 현재 성균관대학교 명예교수. 많은 경전 및 경학 관계 문헌을 정리·해제하였으며 평생을 다산학 연구에 바쳤다.

주요 역주서로는 『역주 목민심서』(공역) 『역주 맹자요의』 『역주 매씨서평』 『역주 논어고금주』 등이 있으며, 주요 저서에 『다산경학연구(茶山經學研究)』가 있다. 2000년 다산학술문화재단이 수여하는 제1회 다산학술상 학술대상을 수상하였다.

讀餘集

인쇄 2015년 7월 10일 | 발행 2015년 7월 20일

지은이 · 이 지 형
펴낸이 · 한 봉 숙
펴낸곳 · 푸른사상사

주간 · 맹문재 | 편집 · 김선도 | 교정 · 김수란

등록 제2-2876호
서울시 중구 초동 42번지 아시아미디어타워 502호
대표전화 02) 2268-8706(7) 팩시밀리 02) 2268-8708
메일 prun21c@hanmail.net
홈페이지 http://www.prun21c.com

ⓒ 2015, 이지형

ISBN 979-11-308-0488-0 03810
값 23,000원

讀餘集

李簸衡

讀 餘 集

李羲衡

이지형 한시집 『讀餘集』 정오표

면수	행	誤	正
194	주석 2	시호(詩號)	시호(諡號)
318	주석 3	싱용에	실용에
336	날짜	二千十三年十日月一日	二千十三年 一月一日
355	해설	다산의 「부친을 모시고 조씨(進士 曹翊鉉을 가리킴)의 시냇가 정자를 방문하다」는 시에 이르기를 "물고기 꿈은 해가 풍년이 됨을 알겠다"고 하였다.	물고기 꿈을 꾸면 그해 풍년이 든다 : 다산의 「부친을 모시고 조씨(進士 曹翊鉉을 가리킴)의 시냇가 정자를 방문하다」는 시에 이르기를 "물고기 꿈을 꾸면 그해 풍년이 듦을 알겠다"고 하였다.

* 정오표의 행 표시는 별도의 지시가 없는 경우
原詩나 번역시의 본문 순서를 가리킨다.